岩波文庫
31-054-4

ISIKAWA TAKUBOKU

ROMAZI NIKKI

（啄木・ローマ字日記）

桑原武夫編訳

岩波書店

HASIGAKI

Isikawa Takuboku no nikki wa, ôyoso 10 nen ni watatte kakarete iru ga, sono uti Meizi 42 nen (1909) 4 gatu 7 niti kara sono tosi no 6 gatu 16 niti made wa, ikkan site, Romazi de kakarete ite, ippan ni "Romazi Nikki" to yobarete iru.

"Romazi Nikki" wa Takuboku no nikki no uti no mottomo zyûyô na bubun de aru bakari de naku, sakuhin to site, Nippon kindai bungaku no kessaku no hitotu to kangae rareru.

Kono bunko wa, "Romazi Nikki" no zenbu to, sono zengo no kanzi-kanamaziri-bun no nikki no naka ni hukumarete iru Romazi gaki no bubun to o, Siritu-Hakodate-Tosyokan ni aru genpon dôri ni insatu sita mono o honbun to suru.

Huroku to site hyôki o kanzi-kanamaziri-bun ni aratameta mono o soeta.

Kuwasii koto wa, kanmatu no kaisetu o oyomi negai tai.

        Kuwabara Takeo
        1977 nen natu

MOKUZI

HASIGAKI

ROMAZI NIKKI (1909. 4. 7 - 6. 16) 7

　　　　　　(1909. 4. 3 - 6) 113

　　　　　　(1911 10. 28 - 31) 116

ROMAZI NIKKI (kanzi-kanamaziri-bun) 121

SAKUIN 231

KAISETU (Kuwabara Takeo) 241

NIKKI

I

MEIDI 42 NEN

1909

APRIL

TOKYO

7TH WEDNESDAY

> HONGO–KU MORIKAWA–TYO 1 BANTI,
> SINSAKA 359 GO, GAIHEI–KAN–BESSO NITE.

Hareta Sora ni susamajii Oto wo tatete, hagesii Nisi-kaze ga huki areta. Sangai no Mado to yû Mado wa Taema mo naku gata–gata naru, sono Sukima kara wa, haruka Sita kara tatinobotta Suna-hokori ga sara-sara to hukikomu: sono kuse Sora ni tirabatta siroi Kumo wa titto mo ugokanu. Gogo ni natte Kaze wa yô-yô otituita.

Haru rasii Hikage ga Mado no Surigarasu wo atataka ni somete, Kaze sae nakuba Ase de mo nagare sô na Hi de atta. Itu mo kuru Kasihonya no Oyadi, Te–no–hira de Hana wo kosuriage nagara, "Hidoku huki masu nâ." to itte haitte kita. "Desuga, Kyô-dyû nya Tôkyô-dyû no Sakura ga nokorazu saki masu ze. Kaze ga attatte, anata, kono Tenki de gozai masu mono."

"Tôtô Haru ni nattyatta nê!" to yo wa itta. Muron kono Kangai wa Oyadi ni wakarikko wa nai.

"Eh! eh!" to Oyadi wa kotaeta: "Haru wa anata, watasidomo ni wa Kinmotu de gozai masu ne. Kasihon wa, moh, kara Dame de gasu: Hon nanka yomu yorya mata asonde aruita hô ga yô-gasu kara, Muri mo nai-ndesu ga, yonde kudasaru kata mo sizen to kô nagaku bakari narimasunde ne."

Kinô Sya kara Zensyaku sita Kane no nokori, 5 yen Sihei ga iti-mai Saihu no naka ni aru; Gozen-tyû wa sore bakkari Ki ni natte, Siyô ga nakatta. Kono Kimoti wa, heizei Kane no aru Hito ga kyû ni motanaku natta toki to onaji yô na Kigakari ka mo sirenu: dotira mo okasii koto da, onaji yô ni okasii ni wa tigai nai ga, sono Kô-hukô ni wa taisita Tigai ga aru.

Siyô koto nasi ni, Rôma-ji no Hyô nado wo tukutte mita. Hyô no naka kara, toki-doki, Tugaru-no-Umi no kanata ni iru Haha ya Sai no koto ga ukande Yo no Kokoro wo kasumeta. "Haru ga kita, Si-gatu ni natta. Haru! Haru! Hana mo saku! Tôkyô e kite mô iti-nen da!……Ga, Yo wa mada Yo no Kazoku wo yobiyosete yasinau Junbi ga dekinu!" Tika-goro, Hi ni nankwai to naku, Yo no kokoro no naka wo atira e yuki, kotira e yuki siteru Mondai wa kore da……

Sonnara naze kono Nikki wo Rôma-ji de kaku koto ni sitaka? Naze da? Yo wa Sai wo aisiteru; aisiteru kara koso kono Nikki wo yomase taku nai no da.——Sikasi kore wa Uso da! Aisiteru no mo Jijitu, yomase taku nai no mo Jijitu da ga, kono Hutatu wa kanarazu simo Kwankei site inai.

Sonnara Yo wa Jakusya ka? Ina. Tumari kore wa Hûhu-kwankei to yû matigatta Seido ga aru tame ni okoru no da. Hûhu! nan to yû Baka na Seido darô! Sonnara dô sureba yoi ka?

Kanasii koto da!

Sapporo no Tatibana Tie-ko-san kara, Byôki ga naotte Sengetu 26 niti ni Taiin sita to yû Hagaki ga kita.

Kyô wa Tonari no Heya e kite iru Kyôto Daigaku no Tenisu no Sensyu-ra no Saigo no Kessenbi da. Minna isamasiku dete itta.

Hiru-mesi wo kutte itu mo no gotoku Densya de Sya ni deta. Dete, hiroi Hensyû-kyoku no Katasumi de Odiisan tati to issyo ni Kôsei wo yatte, Yûgata 5 ji-han goro, Dai-ippan ga Kôryô ni naru to kaeru: kore ga Yo no Seikwatu no tame no Nikkwa da.

Kyô, Odiisan tati wa Sindyû no Hanasi wo sita. Nan to yû surudoi Irony darô! Mata, Asi ga hiete komaru Hanasi wo site, "Isikawa-kun wa, Tosiyoridomo ga nani wo yû yara to omô de syô ne." to, iyasii, sukebei rasii Kao no Kimura diisan ga itta. "Ha, ha, ha……," to Yo wa waratta. Kore mo mata rippa na Irony da!

Kaeri ni, sukosi Kaimono wo suru tame, Hongô no Tôri wo aruita. Daigaku Kônai no Sakura wa Kyô iti-niti ni hanbun hodo hiraite simatta. Yo-no-naka wa mô sukkari Haru da. Yukiki no Hito no muragatta Timata no Asi-oto wa nani to wa naku Kokoro wo ukitataseru. Doko kara kyû ni dete kita ka to ayasimareru bakari, utukusii Kimono wo kita utukusii Hito ga zoro-zoro to yuku. Haru da! sô Yo wa omotta. Sosite, Sai no koto, kaaii Kyô-ko no koto wo omoiukabeta. Sigatu made ni kitto yobiyoseru, sô Yo wa itte ita: sosite yobanakatta, ina, yobi kaneta. Ah! Yo no Bungaku wa Yo no Teki da, sosite Yo no Tetugaku wa Yo no midukara azakeru Ronri ni suginu! Yo no hossuru Mono wa takusan aru yô da: sikasi jissai wa hon no sukosi de wa aru maika? Kane da!

Rinsitu no Sensyu-domo wa tô-tô Tôkyô gata ni maketa rasii. 8 ji-goro, Kindaiti-kun to tomo ni Tôri ni atarasiku tatta Kwatudô-syasin wo mi ni itta. Setumei wo suru Otoko wa idure mo madui. Sono uti ni hitori, Simodomai to yû Tyûgaku-jidai no Tijin ni nita Otoko ga atte, kiku ni taenai yô na Syare wo itte wa Kwankaku wo warawasite iru no ga atta. Yo wa sono Otoko wo mi nagara, Tyûgaku iti-nen no toki Tukue wo narabeta koto no aru, sosite sono go Yo-ra no siranu Syakwai no Soko wo kugutte aruita rasii Miyanaga Sakiti-kun no koto wo omoi-dasite ita. Miyanaga ga aru Kwatudô-syasin no Setumei-si ni natta to yû yô na Uwasa wo kiite ita no de.

10 ji-sugi, kaette kuru to, Rinsitu wa Ôsawagi da.

Irô-kwai ni itte yopparatte kita Sensyu no hitori ga, Dentô wo tataki kowasi, Syôji no San wo otte abarete iru. Sono Rentyû no hitori naru Sakausi-kun ni Heya no Irikuti de atta. Kore wa Yo to Kôtô-Syôgakkô no toki no Dôkyûsei de, ima wa Kyôto Daigaku no Ri-kôkwa no Seito, 8 nen mo awanakatta Kyûyû da. Kindaiti-kun to san-nin Yo no Heya e haitte 1 ji goro made mo Kodomo rasii Hanasi wo site, kya, kya, to sawaida. Sono uti ni Rinsitu no Sawagi wa sizumatta. Haru no Yo—— iti-niti no Tenki ni Manto no Hana no hiraita Hi no Yo wa huketa.

Nesizumatta Miyako no naka ni hitori mezamete, odayaka na Haru no Yo no Iki wo kazoete iru to, san-dyô-han no semai Heya no naka no Yo no Seikwatu wa, ika-ni mo adiki naku tumaranaku kanzerareru. Kono semai Heya no naka ni, nani to mo sirenu Tukare ni tada hitori nemutte iru Sugata wa donna de arô. Ningen no Saigo no Hakken wa, Ningen sore jisin ga tittomo eraku nakatta to yû koto da!

Yo wa, kono kedarui Huan to siite Kyômi wo moto-me yô to suru asahaka na Nozomi wo daite, kono semai Heya ni zuibun nagai koto—— 200 niti amari mo sugosite kita. Itu ni nareba……Ina!

Makura no ue de "Turgenev Tanpen syû" wo yomu.

8th   THURSDAY

Tabun Rinsitu no Isogasisa ni magirete wasureta no de arô, (wasurareru to yû no ga sude ni Budyoku da: ima no Yo no Kyôgû de wa sono Budyoku ga, mata, Tôzen na no da. Sô omotte Yo wa ika naru koto nimo waratte iru.) okite, Kao wo aratte kite kara, 2 jikan tatte mo Asa–mesi no Zen wo motte konakatta.

Yo wa kangaeta: Yo wa ima made konna baai ni wa, itu de mo damatte waratte ita, tui zo okotta koto wa nai. Sikasi kore wa, Yo no Seisitu ga Kwanyô na tame ka? osoraku sô de wa aru mai. Kamen da, sikarazuba, motto Zankoku na Kangae kara da. Yo wa kangaeta, sosite Te wo utte Dyotyû wo yonda.

Sora wa odayaka ni hareta. Hanadoki no Timata wa nani to naku ukitatte iru. Kaze ga toki-doki Suna wo maite sozoro yuku Hito–bito no Hana–mi–goromo wo hirugaesita.

Sya no kaeri, Kôgakusi no Hinosawa–kun to Densya de issyo ni natta. Tyaki–tyaki no Haikarakko da. Sono sitate orosi no Yôhuku–sugata to, Sodeguti no kireta Wataire wo kita Yo to narande Kosi wo kaketa toki wa, sunawati Yo no Kuti kara nani ka Hiniku na Kotoba no deneba naranu Toki de atta: "Dô desu, Hanami ni yuki masita ka?" "Iie, Hanami nanka suru Hima ga nain desu." "Sô desu ka. Sore wa Kekkô desu ne." to Yo wa itta. Yo no itta koto wa sukoburu Heibon na koto da, tare de mo yû koto da. Sô da, sono Heibon na koto wo kono Heibon na Hito ni itta no ga, Yo wa rippa na Irony no tumori na no da. Muron Hinosawa–kun ni kono Imi no wakaru Kizukai wa nai: ikkô Heiki na monoda. Soko ga omosiroi no da.

Yo–ra to mukai atte, hutari no Obâsan ga kosikakete ita. "Boku wa Tôkyô no Obâsan wa kirai desu ne." to Yo wa itta. "Naze de su?" "Miru to Kanji ga waruin de su. Dô mo Kimoti ga warui. Inaka no Obâsan no yô ni Obâsan rasii tokoro ga nai." Sono toki hitori no Obâsan wa Kuro–megane no naka kara Yo wo nirande ita. Atari no Hito tati mo Yo no hô wo tyûi site iru. Yo wa nani to naki Yukwai wo oboeta.

"Sô de su ka." to Hinosawa–kun wa narubeku tiisai Koe de itta.

"Mottomo, onaji Onna de mo, wakai no nara Tôkyô ni kagiri masu. Obâsan to kityâ minna ko–nikurasii Tura wo site masu kara nê."

"Ha, ha, ha, ha."

"Boku wa Kwatudô–syasin ga suki de su yo. Kimi wa?"

"Mada waza–waza mi ni itta koto wa arimasen."

"Omosiroi mon de su yo. Itte goran nasai. Nan de syô, kô, pah' to akaruku nattari, pah' to kuraku nattari surun de syô? Sore ga omosiroin de su."

"Me ga waruku nari masu ne." to yû kono Yûjin

no Kawo ni wa, Kimari warui Tôwaku no Iro ga akiraka ni yomareta. Yo wa kasuka na Syôri wo kanzezu ni wa irarenakatta.

"Ha, ha, ha!" to, kondo wa Yo ga waratta.

Kimono no saketa no wo nuwô to omotte, Yoru 8 jigoro, Hari to Ito wo kai ni hitori dekaketa. Hongô no Tôri wa Haru no Nigiwai wo misete ita: itumo no Yomise no hoka ni, Ueki-ya ga takusan dete ita. Hito wa izure mo tanosi sô ni Kata to Kata wo sutte aruite ita. Yo wa Hari to Ito wo kawazu ni, 'yamero yamero' to yû Kokoro no Sakebi wo kiki nagara, tô-tô Saihu wo dasite kono Tyômen to Tabi to Sarumata to Makigami to, sore kara Sansiki-sumire no Hati wo hutatu to, 5 sen dutu de, katte kita. Yo wa naze Hituyô na mono wo kau toki ni made 'yamero' to yû Kokoro no Koe wo kikaneba naranu ka? 'Iti-mon-nasi ni naru zo.' to, sono Koe ga yû: 'Hakodate de wa komatteru zo.' to, sono Koe ga yû!

Sumire no Hati no hitotu wo motte Kindaiti-kun no Heya ni itta. "Kinô anata no Heya ni itta toki, iwô iwô to omotte tô-tô ii kaneta koto ga arimasita." to Tomo wa itta. Omosiroi Hanasi ga kakute haji-matta no da.

"Nan de su? ……Sâh, ikkô wakaranai!"

Tomo wa ikutabi ka tameratta noti, yô-yô ii dasita. Sore wa kô da:——

Kyôto no Daigaku-sei ga 10 nan nin, kono Gesyuku ni kite, 7 ban to 8 ban, sunawati Yo to Kindaiti-kun to no aida no Heya ni tomatta no wa, Kongetu no Tuitati no koto da. Dyotyû wa mina Ôsawagi site sono hô no Yô ni bakari Ki wo torarete ita. Naka ni mo Okiyo——5 nin no uti de wa iti–ban Bijin no Okiyo wa, tyôdo 3 gai-moti no Ban datta mon da kara, hotondo Asa kara Ban——Yonaka made mo kono wakai, Genki no aru Gakusei domo no naka ni bakari ita. Minna wa 'Okiyo-san, Okiyo-san.' to itte sawaida. Naka ni wa zuibun ikagawasii Kotoba ya, kusuguru yô na Kehai nado mo kikoeta. Yo wa sikasi, Dyotyû domo no kyodô ni tira-tira mieru Gyakutai ni wa Narekko ni natte iru no de, sitagatte karera no koto ni wa tasyô Mukwansin na Taido wo toreru yô ni natte ita kara, sore ni taisite kakubetu Huyukwai ni mo kanjite inakatta. Sikasi, Kindaiti–kun wa, sono Rinsitu no Mono–oto no kikoeru tabi, yû ni iwarenu Sitto no Jô ni karareta to yû.

Sitto! Nan to yû Bimyô na Kotoba darô! Tomo wa sore wo osae kanete, hate wa Jibun–jisin wo asamasii Sitto bukai Otoko to omoi, Tuitati kara 4 kka made no Yasumi wo mattaku Huyukwai ni okutta to yû. Sosite, itu–ka no Hi ni Sansyôdô e dete, hoh' to Ansin site Iki wo tuki, Syô–sijin–kun (sono Hensyûkyoku ni iru aware na Otoko.) no Ii–gusa de wa nai ga, Uti ni iru yori koko no hô ga ikura Ki ga nonbiri siteru darô to omotta. Sore kara yôyaku sukosi Heizei no Kimoti ni nari eta to no koto da.

Okiyo to yû no wa Ni–gatu no sue ni kita Onna

da. Nikukan-teki ni hutotte, Kessyoku ga yoku, Mayu ga koku, ya-ya Kaku batta Kao ni hutoi kikan Ki ga arawarete iru. Tosi wa hatati da to yû. Nan de mo, Saisyo kita toki Kindaiti-kun ni daibu sekkin si yô to sita rasii. Sore wo Otune——kore mo omosiroi Onna da.——ga Muki ni natte samatageta rasii. Sosite, Okiyo wa kyû ni waga Tomo ni taisuru Taido wo aratameta rasii. Kore wa Tomo no yû tokoro de hobo sassuru koto ga dekiru. Tomo wa sono go, Okiyo ni taisite, tyôdo Jibun no Uti e tonde haitta Kotori ni nigerareta yô na kimoti de, taezu Me wo tukete ita rasii. Okiyo no umare-nagara no Tyôhatu-teki na, sono kuse doko ka Hito wo assuru yô na Taido wa, mata, Onna medurasii Tomo no Kokoro wo sore to naku Sihai site ita to mieru. Sosite Kindaiti-kun—— Ima made Dyotyû ni Syûgi wo yaranakatta Kindaiti-kun wa, Sengetu no Misoka ni Okiyo hitori ni dake nanigasi ka no Kane wo kureta. Okiyo wa sore wo Sita e itte minna ni hanasita rasii. Akuru Hi kara Otune no Taido wa ippen sita to yû. Makoto ni Baka na, sosite awaremu beki Hanasi da. Sosite kore koso sin ni Omosiromi no aru koto da. Soko e motte kite Daigaku-sei ga yatte kita no da.

Okiyo wa tuyoi Onna da! to hutari wa hanasita. 5 nin no uti, itiban hataraku no wa kono Okiyo da. Sono kawari Hudan ni wa, Yoru 10 ji ni sae nareba, Hito ni kamawazu hitori nete simau sô da. Hataraki-buri ni wa tare hitori oyobu mono ga nai: sitagatte

Okiyo wa itu sika Minna wo assite iru. Zuibun kikan Ki no, metta ni naku koto nado no nai Onna rasii. Sono Seikaku wa Kyôsya no Seikaku da.

Ippô, Kindaiti-kun ga Sitto bukai, yowai Hito no koto wa mata arasowarenai. Hito no Seikaku ni Ni-men aru no wa utagô bekarazaru Jijitu da. Tomo wa Iti-men ni makoto ni otonasii, Hito no yoi, yasasii, Omoiyari no hukai Otoko da to tomo ni, Iti-men, Sitto bukai, yowai, tiisana Unubore no aru, memesii Otoko da.

Sore wa, mâ, dô de mo yoi. Sono Gakusei domo wa Kyô minna tatte simatte, tatta hutari nokotta. Sono hutari wa Siti-ban to Hati-ban e, Konya, hitori dutu neta.

Yo wa osoku made okite ita.

Tyôdo 1 ji 20 pun goro da. Issin ni natte Pen wo ugokasite iru to, huto, Heya no Soto ni Sinobi-asi no oto to, sewasii Iki-dukai to wo kiita. Hate! sô omotte Yo wa Iki wo hisomete Kiki-mimi wo tateta.

Soto no Iki-dukai wa, sin to sita Yohuke no Kûki ni Arasi no yô ni hagesiku kikoeta. Sibaraku wa aruku kehai ga nai. Heya-beya no Yôsu wo ukagatte iru rasii.

Yo wa sikasi, hajime kara kore wo Nusubito nado to wa omowanakatta.……! Tasika ni sô da!

Tu to, ôkiku Simada wo itta Onna no Kage-bôsi ga Irikuti no Syôji ni azayaka ni ututta. Okiyo da!

Tuyoi Onna mo Hito ni sinonde Hasigo wo agatte

kita no de, sono Iki–dukai no hagesisa ni, ika ni Sinzô ga tuyoku Nami utteru ka ga wakaru. Kage–bôsi wa Rôka no Dentô no tame ni uturu no da.

Rinsitu no Irikuti no Mawasi–do ga siduka ni aita. Onna wa naka ni haitte itta.

"U—u," to, kasuka na Koe! Nete iru Otoko wo okosita mono rasii.

Ma mo naku Onna wa, ittan simeta To wo, mata sukosi hosome ni akete, Yo no Heya no Yôsu wo ukagatteru rasikatta. Sosite sono mama mata Naka e itta. "U—u—u." to mata kikoeru. Kasuka na Hanasi–goe! Onna wa mata Irikuti made dete kite To wo simete, ni–sanpo aruku Kehai ga sita to omô to, sorek–kiri nan no Oto mo sinaku natta.

Tôku no Heya de 'kan' to 1 ji–han no tokei no Oto.

Kasuka ni Niwatori no Koe.

Yo wa Iki ga tumaru yô ni kanjita. Rinsitu de wa muron mô Yo mo neta mono to omotteru ni tigai nai. Mosi okiteru Kehai wo sasitara, hutari wa donna ni ka komarudarô. Koitu–a komatta. Soko de Yo wa naru take Oto no sinai yô ni, madu Haori wo nugi, Tabi wo nugi, soro–soro tatiagatte mita ga, Toko no naka ni hairu ni wa daibu Konnan sita. To ni kaku 10 pun bakari mo kakatte, yatto Oto naku neru koto ga dekita. Sore demo mada nan to naku Iki ga tumaru yô da. Jitu ni tonda Me ni atta mono da.

Rinsitu kara wa, tôi tokoro ni Sisi de mo iru yô ni, sono sewasii, atatakai, Hukisoku na Kokyû ga kasuka ni kikoeru. Mi mo Kokoro mo torokeru Tanosimi no Mas–saityû da.

Sono Oto——Husigi na Oto wo kiki nagara, naze ka Yo wa sappari Kokoro wo ugokasanakatta. Yo wa hajime kara ii Syôsetu no Zairyô de mo mituketa yô na Ki ga site ita. "Ittai nan to yû Otoko darô? Kitto Okiyo wo Te ni ire tai bakkari ni, waza–waza inokotta mono darô. Sore ni site mo, Okiyo no Yatu, zuibun Daitan na Onna da." Konna koto wo kangaeta. "Asu sassoku Kindaiti–kun ni sirase yô ka? Iya, siraseru no wa Zankoku da……. Iya, siraseru hô ga omosiroi…….." 2 ji no Tokei ga natta.

Ma mo naku, Yo wa nemutte simatta.

9th FRIDAY

Sakura wa ku–bu no Saki: atataka na, odayaka na, mattaku Haru rasii Hi de, Sora wa tôku Hana-gumori ni kasunda.

Ototoi kita toki wa nan to mo omowanakatta Tie-ko san no Hagaki wo mite iru to, naze ka tamaranai hodo koisiku natte kita. 'Hito no Tuma ni naranu mae ni, tatta iti–do de ii kara aitai!' Sô omotta.

Tie–ko san! nan to ii Namae darô! Ano sitoyaka na, sosite karoyaka na, ika ni mo wakai Onna rasii Aruki–buri! Sawayaka na Koe! Hutari no Hanasi wo sita no wa tatta ni–do da. Iti–do wa Ôtake Kôtyô no Uti de, Yo ga Kaisyoku–negai wo motte itta toki:

iti-do wa Yatigasira no, ano Ebi-iro no Madokake no kakatta Mado no aru Heya de——sô da, Yo ga "Akogare" wo motte itta toki da. Dotira mo Hakodate de no koto da.

Ah! Wakarete kara mô 20 ka-getu ni naru!

Sakuya no koto wo Kindaiti-kun ni hanasite simatta. Muron sono tame ni Tomo no Kokoro ni okotta Teikiatu wa 1 niti ya 2 ka de kie mai. Kyô iti-niti nan da ka Genki ga nakatta. To itte, Tomo wa betu ni Okiyo ni Koi siteru wake de wa muron nai. Ga, Yo no yô ni kono koto wo omosirogari wa sinakatta no wa Jijitu da. Otoko wa Wakazono to yû Yatu na koto wa sugu sireta. Kare wa Yoru 9 ji goro ni natte tatte itta. Okiyo to no Wakare no Kotoba wa Kindaiti-kun to tomo ni kono Heya ni ite kiita. Sono moyô dewa, nan de mo Watanabe to yû Sei no Otoko to no Hariai kara, hitori nokotte Okiyo wo Te ni ireru kessin wo sita mono rasii. Otoko no tatta ato, Onna wa sugu Hana-uta wo utai nagara tati-hataraite ita.

Sya de wa Kyô Dai-ippan ga hayaku sunde, 5 ji-goro ni kaette kita. Yoru, detakute tamaranu no wo muri ni osaete mita.

Kaeri no Densya no Naka de, Kyonen no Haru wakareta mama ni awanu Kyô-ko ni, yoku nita Kodomo wo mita. Gomu-dama no Hue wo 'pi-i' to narasite wa Yo no hô wo mite, hadukasi-ge ni waratte Kao wo kakusi-kakusi sita. Yo wa daite yari tai hodo kaaiku omotta.

Sono Ko no Haha na Hito wa, mata, sono Kao no Katati ga, Yo no oitaru Haha no wakakatta koro wa tabun kon–na datta rô to omowareru hodo, Hana, Hô, Me……Kao ittai ga nite ita. Sosite, amari Jôhin na Kao de wa nakatta!

Titi no yô ni amai Haru no Yo da! Kusiro no Koyakko——Tubo Jin–ko kara natukasii Tegami ga kita.

Tôku de Kawadu no Koe ga suru. Ah, Hatu–Kawadu! Kawadu no Koe de omoidasu no wa, 5 nen mae no Ozaki Sensei no Sinagawa no Uti no Niwa, sore kara, ima wa Kunohe no Kaigan ni iru Hotta Hideko san!

Makura no Ue de Kongetu no "Tyûô–kôron" no Syôsetu wo yomu.

10TH SATURDAY

Sakuya wa san–ji sugi made Toko no Naka de Tokusyo sita no de, Kyô wa jyû–ji sugi ni okita. Hareta Sora wo Minami–kaze ga huki mawatte iru.

Tikagoro no Tanpen Syôsetu ga, issyu no atarasii Syaseibun ni suginu yô na mono to natte simatta no wa, ina, Ware–ware ga yonde mo sô to sika omowanaku natte kita——tumari Humanzoku ni omô no wa, Jinsei–kwan to site no Sizen–syugi–Tetugaku no Ken'i ga dan–dan nakunatte kita koto wo simesu mono da.

Jidai no Osiuturi da! Sizen-syugi wa hajime Warera no mottomo Nessin ni motometa Tetugaku de atta koto wa arasoware nai. Ga, itu sika Warera wa sono Riron jô no Mujun wo miidasita: sosite sono Mujun wo tukkosite Warera no susunda toki, Warera no Te ni aru Turugi wa Sizen-syugi no Turugi de wa naku natte ita.——Sukunaku mo Yo hitori wa, mohaya Bôkwan-teki Taido naru mono ni Manzoku suru koto ga dekinaku natte kita. Sakka no Jinsei ni taisuru Taido wa, Bôkwan de wa ikenu. Sakka wa Hihyôka de nakereba naranu. De nakereba, Jinsei no Kaikakusya de nakereba naranu. Mata……。

Yo no tôtatu sita Sekkyokuteki Sizen-syugi wa sunawati mata Sin-Risô-syugi de aru. Risô to yû Kotoba wo Warera wa nagai aida Budyoku site kita. Jissai mata katte Warera no idaite ita yô na Risô wa, Warera no Hakken sita gotoku, aware na Kûsô ni suginakatta, 'Life illusion' ni suginakatta. Sikasi, Warera wa ikite iru, mata, ikineba naranu. Arayuru Mono wo Hakwai si tukusite arata ni Warera no Tedukara tateta, kono Risô wa, mohaya aware na Kûsô de wa nai. Risô sono-mono wa yahari 'Life illusion' da to site mo, sore nasi ni wa ikirarenu no da——Kono hukai Naibu no Yôkyû made mo suteru to nareba, Yo ni wa sinu yori hoka no Miti ga nai.

Kesa kaite oita koto wa Uso da, sukunaku to mo

Yo ni totte no Dai–itigi de wa nai. Ika naru Koto ni siro, Yo wa, Ningen no Jigyô to yû mono wa erai mono to omowanu. Hoka no Koto yori Bungaku wo erai, tattoi to omotte ita no wa mada erai to wa donna Koto ka siranu toki no koto de atta. Ningen no suru Koto de nani hitotu erai Koto ga ari uru mono ka. Ningen sono–mono ga sude ni eraku mo tattoku mo nai no da.

Yo wa tada Ansin wo sitai no da!——Kô, Konya hajimete Ki ga tuita. Sô da, mattaku sô da. Sore ni tigai nai!

Ah! Ansin——nan no Huan mo nai to yû Kokoro-moti wa, donna Adi no suru mono dattarô! Nagai koto——Mono–gokoro tuite irai, Yo wa sore wo wasurete kita.

Tikagoro, Yo no Kokoro no mottomo Nonki na no wa, Sya no Ô–huku no Densya no naka bakari da. Uti ni iru to, tada, mô, nan no koto wa naku, Nani ka sinakereba naranu yô na Ki ga suru. 'Nani ka' to wa komatta mono da. Yomu koto ka? Kaku koto ka? Dotira de mo nai rasii. Ina, Yomu koto mo kaku koto mo, sono 'Nani ka' no uti no iti–bubun ni sika suginu yô da. Yomu, kaku, to yû hoka ni nan no Watasi no suru Koto ga aru ka? Sore wa wakaranu: ga, to ni kaku Nani ka wo sinakereba naranu yô na Ki ga site, donna Nonki na koto wo kangaete iru toki de mo, syottyû usiro kara 'Nani ka' ni okkakerarete iru yô na Kimoti da. Sore de ite, nan ni mo Te ni tukanu.

Sya ni iru to, hayaku Jikan ga tateba yoi to omotte iru. Sore ga, betu ni Sigoto ga iya na no demo naku, atari no koto ga huyukwai na tame demo nai: hayaku kaette 'Nani ka' sinakereba naranu yô na Ki ni ottate rarete iru no da. Nani wo sureba yoi no ka wakaranu ga, toni-kaku Nani ka sinakereba naranu to yû Ki ni, usiro kara ottaterarete iru no da.

Hûbutu no Uturi-kawari ga surudoku kanjirareru. Hana wo miru to, 'âh Hana ga saita' to yû koto—— sono Tanjyun na koto ga, Ya no yô ni surudoku kanjirareru. Sore ga mata miru-miru hiraite yuku yô de, miteru uti ni tiru Toki ga ki sô ni omowareru. Nani wo mite mo, Nani wo kiite mo, Yo no Kokoro wa marude Kyûryû ni nozonde iru yô de, titto mo siduka de nai, otituite inai. Usiro kara osareru no ka, Mae kara hippararareru no ka, nan ni siro Yo no Kokoro wa siduka ni tatte irarenai, kakedasaneba naranu yô na Kimoti da.

Sonnara Yo no motomete iru mono wa Nani da rô? Na? demo nai. Jigyô? demo nai. Koi? de mo nai. Tisiki? de mo nai. Sonnara Kane? Kane mo sô da. Sikasi sore wa Mokuteki de wa nakute Syudan da. Yo no Kokoro no Soko kara motomete iru Mono wa Ansin da, kitto sô da!

Tumari tukareta no da rô!

Kyonen no Kure kara Yo no Kokoro ni okotta issyu no Kakumei wa, hijô na Ikioi de sinkô sita. Yo wa kono 100 niti no aida wo, kore to yû Teki wa Me no mae ni inakatta ni kakawarazu, tune ni Busô site sugosita, Tare Kare no Kubetu naku, Hito wa mina Teki ni mieta: Yo wa, iti-ban sitasii Hito kara jun-jun ni, sitteru kagiri no Hito wo nokorazu korosite simai taku omotta koto mo atta. Sitasikereba sita-siidake, sono Hito ga nikukatta. 'Subete atarasiku,' sore ga Yo no iti-niti iti-niti wo Sihai sita 'atarasii' Kibô de atta. Yo no 'atarasii Sekai' wa, sunahati, 'Kyôsya——"Tuyoki-mono" no Sekai' de atta.

Tetugaku to site no Sizensyugi wa, sono toki 'Syô-kyoku-teki' no Honmaru wo sutete, 'Sekikyoku-teki' no hiroi Nohara e Tokkwan sita. Kare——'Tuyoki-mono' wa, arayuru Sokubaku to Insyû no hurui Yoroi wo nugi sutete, Sekirara de, Hito no Tikara wo kariru koto naku, Yûkan ni tatakawaneba naranakatta. Tetu no gotoki Kokoro wo motte, nakazu, warawazu, nan no Koryo suru tokoro naku, tada masigura ni Onore no hossuru tokoro ni susumaneba naranakatta. Nin-gen no Bitoku to iwaruru arayuru mono wo Tiri no gotoku sutete, sosite, Ningen no nasienai Koto wo Heiki de nasaneba naranakatta. Nan no Tame ni? Sore wa Kare ni mo wakaranai; ina Kare-jisin ga Kare no Mokuteki de, sosite mata Ningen Zentai no Mokuteki de atta.

Busô sita 100 niti wa, tada Musya-burui wo siteru aida ni sugita. Yo wa tare ni katta ka? Yo wa dore dake tuyoku natta ka? Ah!

Tumari tukareta no da. Tatakawazu site tukareta

no da.

Yo–no–naka wo wataru Miti ga hutatu aru, tada hutatu aru. 'All or Nothing!' Hitotu wa Subete ni taisite tatakô koto da: Kore wa katu, sikarazunba sinu. Mohitotu wa Nanimono ni taisite mo tatakawanu koto da: Kore wa katanu, sikasi makeru koto ga nai. Makeru koto no nai mono ni wa Ansin ga aru: tune ni katu mono ni wa Genki ga aru. Sosite dotira mo Mono ni osoreru to yû koto ga nai……. Sô kangaete mo Kokoro wa titto mo hare–bare siku mo Genki yoku mo naranu. Yo wa kanasii. Yo no Seikaku wa Hukô na Seikaku da. Yo wa Jakusya da, tare no nimo otoranu rippa na Katana wo motta Jakusya da. Tatakawazu ni wa orarenu, sikasi katu koto wa dekinu. Sikaraba sinu hoka ni Miti wa nai. Sikasi sinu no wa iya da. Sinitaku nai! Sikaraba dô site ikiru?

Nani mo sirazu ni Nôhu no yô ni ikitai. Yo wa amari kasiko sugita. Hakkyô suru Hito ga urayamasii. Yo wa amari ni Mi mo Kokoro mo Kenkô da. Ah, ah, Nani mo Ka mo, subete wo wasurete simaitai! Dô site?

Hito no inai Tokoro e ikitai to yû Kibô–ga, kono–goro, toki–doki Yo no Kokoro wo sosonokasu. Hito no inai Tokoro, sukunaku to mo, Hito no Koe no kikoezu, ina, Yo ni sukosi de mo Kwankei no aru yô na koto no kikoezu, tare mo kite Yo wo miru Kidukai no nai Tokoro ni, is–syûkan nari tô–ka nari, ina, iti–niti demo han–niti demo ii, tatta hitori korogatte ite mitai. Donna Kao wo site i-yô to, donna Nari wo site i-yô to, Hito ni mirareru Kidukai no nai Tokoro ni, Jibun no Karada wo Jibun no omô mama ni yasumete mi tai.

Yo wa kono Kangae wo wasuren ga tame ni, toki-doki Hito no takusan iru tokoro——Kwatudô-syasin e yuku. Mata, sono Hantai ni, nan to naku Hito—— wakai Onna no natukasiku natta toki mo yuku. Sikasi soko ni mo Manzoku wa mi-idasarenai. Syasin—— koto ni mo mottomo Baka-ge ta Kodomo rasii Syasin wo mite iru toki dake wa, naruhodo siite Kodomo no Kokoro ni kaette, Subete wo wasureru koto mo dekiru : ga, ittan Syasin ga yande 'pah'' to akaruku nari, Kazu sirenu uyo-uyo sita Hito ga miedasu to, motto nigiyaka na, motto omosiroi tokoro wo motomeru Kokoro ga issô tuyoku Yo no Mune ni waki agatte kuru. Toki to site wa, sugu Hana no saki ni tuyoi Kami no Ka wo kagu toki mo ari, atatakai Te wo nigitte iru toki mo aru. Sikasi sono toki wa Yo no Kokoro ga Saihu no naka no Kanjô wo site iru toki da : ina, ikani site tare kara Kane wo kari-yô ka to kangaete iru toki da. Atatakai Te wo nigiri, tuyoi Kami no Ka wo kagu to, tada Te wo nigiru bakari de naku, yawaraka na, atataka na, massiro na Karada wo dakitaku naru. Sore wo togezu ni kaette kuru toki no Sabisii Kokoro-moti! Tada ni Seiyoku no Manzoku wo erarenakatta bakari no Sabisisa de wa nai : Jibun no hossuru mono wa subete uru koto ga dekinu to yû hukai, osorosii Situbô da.

Ikura ka no Kane no aru toki, Yo wa nan no tamerô koto naku, kano, Midara na Koe ni mitita, semai, kitanai Mati ni itta. Yo wa Kyonen no Aki kara Ima made ni, oyoso 13–4 kwai mo itta, sosite 10 nin bakari no Inbaihu wo katta. Mitu, Masa, Kiyo, Mine, Tuyu, Hana, Aki……Na wo wasureta no mo aru. Yo no motometa no wa atatakai, yawarakai, massiro na Karada da: Karada mo Kokoro mo torokeru yô na Tanosimi da. Sikasi sorera no Onna wa, ya–ya Tosi no itta no mo, mada 16 gurai no hon no Kodomo na no mo, dore datte nan–byaku nin, nan–zen nin no Otoko to neta no bakari da. Kao ni Tuya ga naku, Hada wa tumetaku arete, Otoko to yû mono ni wa narekitte iru, nan no Sigeki mo kanjinai. Waduka no Kane wo totte sono Inbu wo tyotto Otoko ni kasu dake da. Sore igwai ni nan no Imi mo nai. Obi wo toku de mo naku, "sâh," to itte, sono mama neru: nan no Hadukasi–ge mo naku Mata wo hirogeru. Tonari no Heya ni Hito ga i–yô to imai to sukosi mo kamô tokoro ga nai. (Koko ga, sikasi, omosiroi Karera no Irony da!) Nanzen nin ni kakimawasareta sono Inbu ni wa, mô Kinniku no Syûsyuku–sayô ga nakunatte iru, yurunde iru. Koko ni wa tada Haisetu–sayô no okonawareru bakari da: Karada mo Kokoro mo torokeru yô na Tanosimi wa Kusuri ni sitaku mo nai!

Tuyoki Sigeki wo motomuru ira–ira sita Kokoro wa,

sono Sigeki wo uke–tutu aru toki de mo Yo no Kokoro wo saranakatta. Yo wa mi–tabi ka yo–tabi tomatta koto ga aru. Jûhati no Masa no Hada wa Binbô na Tosima–onna no sore ka to bakari arete gasa–gasa site ita. Tatta hito–tubo no semai Heya no naka ni Akari mo naku, iyô na Niku no Nioi ga muh' to suru hodo komotte ita. Onna wa Ma mo naku nemutta. Yo no Kokoro wa tamaranaku ira–ira site, dô site mo nemurenai. Yo wa Onna no Mata ni Te wo irete, tearaku sono Inbu wo kakimawasita. Simai ni wa go–hon no Yubi wo irete dekiru dake tuyoku osita. Onna wa sore de mo Me wo samasanu: osoraku mô Inbu ni tuite wa nan no Kankaku mo nai kurai, Otoko ni narete simatte iru no da. Nan–zen–nin no Otoko to neta Onna! Yo wa masu–masu ira–ira site kita. Sosite issô tuyoku Te wo ireta. Tui ni Te wa Tekubi made haitta. "U—u," to itte Onna wa sono toki Me wo samasita. Sosite ikinari Yo ni daki–tuita. "A—a—a, uresii! motto, motto—motto, a—a—a!" Jûhati ni site sude ni Hutû no Sigeki de wa nan no Omosiromi mo kanjinaku natte iru Onna! Yo wa sono Te wo Onna no Kao ni nutakutte yatta. Sosite, Ryôte nari, Asi nari wo irete sono Inbu wo saite yaritaku omotta. Saite, sôsite Onna no Sigai no Ti–darake ni natte Yami no naka ni yokodawatte iru tokoro wo Maborosi ni nari to mi tai to omotta! Ah, Otoko ni wa mottomo Zankoku na Sikata ni yotte Onna wo korosu Kenri ga aru! Nan to yû osorosii, iyana Koto da rô!

Sude ni Hito no inai tokoro e yuku koto mo dekizu, sareba to itte, nani hitotu Manzoku wo uru koto mo dekinu. Jinsei sonomono no Kutû ni tae ezu, Jinsei sonomono wo dô suru koto mo dekinu. Subete ga Sokubaku da, sosite omoi Sekinin ga aru. Dô sureba yoi no da? Hamlet wa, 'To be, or, not to be?' to itta. Sikasi Ima no Yo de wa, Si to yû Mondai wa Hamlet no Jidai yori mo motto Hukuzatu ni natta. Ah, Ilia! "Three of them" no naka no Ilia! Ilia no Kuwadate wa Ningen no kuwadate uru Saidai no Kuwadate de atta! Kare wa Jinsei kara Dassyutu sen to sita, ina, Dassyutu sita. Sosite aran kagiri no Tikara wo motte, Jinsei——Warera no kono Jinsei kara Kagiri naki Ankoku no Miti e kakedasita. Sosite, Isi no Kabe no tame ni Atama wo Hunsai site sinde simatta! Ah!

Ilia wa Dokusin–mono de atta. Yo wa itu demo sô omô: Ilia wa urayamasiku mo Dokusin–mono de atta! Kanasiki Ilia to Yo to no sôi wa Koko da!

Yo wa ima tukarete iru. Sosite Ansin wo motomete iru. Sono Ansin to wa donna mono ka? Doko ni aru no ka? Kutû wo siranu Mukasi no siroi Kokoro ni wa hyaku–nen tatte mo kaeru koto ga dekinu. Ansin wa doko ni aru?

'Byôki wo sitai.' Kono Kibô wa nagai koto Yo no Atama no naka ni hisonde iru. Byôki! Hito no itô kono Kotoba wa, Yo ni wa Hurusato no Yama no Na no yô ni natukasiku kikoeru——Ah, arayuru Sekinin wo Kaijo sita Jiyû no Seikwatu! Warera ga sore wo uru no Miti wa tada Byôki aru nomi da!

'Minna sinde kurereba ii.' Sô omotte mo tare mo sinanu. 'Minna ga Ore wo Teki ni site kurereba ii.' Sô omotte mo tare mo betudan Teki ni mo site kurenu. Tomo-dati wa minna Ore wo awarende iru. Ah! Naze Yo wa Hito ni aisareru no ka? Naze Yo wa Hito wo Sin kara nikumu koto ga dekinu ka? Aisareru to yû koto wa tae gatai Buzyoku da!

Sikasi Yo wa tukareta! Yo wa Jakusya da!

Iti-nen bakari no aida, iya, hito-tuki demo,
Is-syûkan demo, mik-ka demo ii,
Kami yo, mosi aru nara, ah, Kami yo,
Watasi no Negai wa kore dake da, dôka,
Karada wo doko ka sukosi kowasite kure, ita-
 kute mo
Kamawanai, dôka Byôki sasite kure!
Ah! dôka……．

Massiro na, yawaraka na, sosite
Karada ga hu-u-wari to doko made mo——
Ansin no Tani no soko mademo sidunde yuku
 yô na Huton no ue ni, iya,
Yôrô-in no Huru-datami no ue de mo ii,
Nanni mo kangaezu ni,(sono mama sinde mo
Osiku wa nai!) yukkuri to nete mitai!
Te Asi wo tare ka kite nusunde itte mo
Sirazu ni iru hodo yukkuri nete mitai!

Dô darô! sono Kimoti wa? Ah,
Sôzô suru dake demo nemuku naru yô da! Ima kıte ıru
Kono Kimono wo——omoi, omoı kono Sekinin no Kimono wo
Nugi sutete simattara, (ah, uttori suru!)
Watasi no kono Karada ga Suiso no yô ni
Hu-u-wari to karoku natte,
Takai, takai Osora e tonde yuku ka mo sirenai
——"Hibari da."
Sita de wa minna ga sô yû kamo sirenai! Ah!

Si da! Si da! Watası no Negaı wa kore
Tatta Hitotu da! Ah!

A', a', honto ni korosu no ka? Matte kure,
Arigataı Kami-sama, a', tyotto!

Hon no sukosı, Pan wo kô dake da, go—go—go-sen demo ii!
Korosu kurai no O-zihi ga aru nara!

Ame wo hukunda nama-atatakai Kaze no huku Ban da. Tôku ni Kawadu no Koe ga suru.

Mitu-ko kara, Asahikawa ni itta to yû Hagaki ga kita. Namae wa nan demo, Imôto wa Gwaikoku-jin no Isôrô da! Ani wa Hana-zakari no Miyako ni ite Sode-kuti no kireta Wataire wo kite iru: Imôto wa

Hokkaidô no Mannaka ni 6 syaku no Yuki ni udumorete Sanbika wo utatte iru!

Gozen 3 ji, hara–hara to Ame ga otite kita.

11th SUNDAY

8 ji goro Me wo samasita. Sakura to yû Sakura ga Tubomi hitotu nokosazu saki sorotte, tiru ni wa hayaki Nitiyô–bi, Sora wa nodoka ni hare watatte, atataka na Hi da. Nihyaku man no Tôkyô–jin ga Subete wo wasurete asobi kurasu Hanami wa Kyô da.

Nani to naku Ki ga karoku sawayaka de, wakaki Hi no Genki to Tanosimi ga Karada–dyû ni ahurete iru yô da. Sakuya no Kimoti wa doko e itta no ka to omowareta.

Kindaiti–kun wa Hana–muko no yô ni sowa–sowa site sesse to Yôhuku wo kite ita. Hutari wa turedatte 9 ji goro ni Soto e deta.

Tawara–chô de Densya wo sutete Asakusa Kôen wo aruita. Asa nagara ni Hitode ga ôi. Yo wa tawamure ni 1 sen wo tôjite Uranai no Kami wo totta: Kiti to kaite aru. Yo no Tawamure wa sore kara hazimatta. Aduma–basi kara Kawa–zyôki ni notte Senju Ôhasi made Sumita–gawa wo sakanobotta. Hajimete mita Mukôzima no nagai Dote wa Sakura no Hana no Kumo ni udumorete mieru. Kanegahuti wo sugiru to, Gankai wa tasyô Denen no Omomuki wo obite kita. Tukuba–yama mo Hana–gumori ni mienai: miyuru kagiri wa Haru no No!

　Senju no Temai ni akaku nurareta nagai Tekkyô ga atta. Ryô-gan wa Yanagi no Midori. Senju ni agatte Hutari wa sibasi sokora wo buratuita. Yo wa, Suso wo hasiori, Bôsi wo Amida ni kabutte, sikotama Tomo wo warawaseta.

　Soko kara mata Hune de Kanegahuti made kaeri, Hana no Tonneru ni natta Dote no ue wo Kazu sirenu Hito wo wakete Tôkyô no Hô ni mukatte aruita. Yo wa sono toki mo Bôsi wo Amida ni kaburi, Suso wo hasiotte aruita. Nan no Imi mo nai, tada sonna Koto wo site mitakatta no da: Kindaiti no Gwaibun ga warugatte iru no ga omosirokatta no da. Nanman no Haregi wo kita Hito ga, zoro-zoro to Hana no Tonneru no Sita wo aruku. Naka ni wa, mô, yopparatte iro-iro na dôketa Mane wo site iru no mo atta. Hutari wa hitori no Bizin wo mitukete, nagai koto sore to zengo site aruita. Hana wa doko made mo tuduite iru: Hito mo doko made mo tuduite iru.

　Kototoi kara mata Hune ni notte Asakusa ni kita. Soko de, to-aru Gyûnikuya de Hiru-mesi wo kutte, hutari wa wakareta. Yo wa, kyô, Yosano-san no Taku no Utakwai e yukaneba naranakatta no da.

　Muron omosiroi koto no ari-yô ga nai. Sakuya no 'Pan-no-kwai' wa sakandatta to Hiraide-kun ga hanasite ita. Ato de kita Yosii wa, 'Sakuban, Eitai-basi no ue kara yopparatte Syôben wo site, Junsa ni togamerareta.' to itte ita. Nandemo, minna yopparatte Ô–sawagi wo yatta rasii.

Rei no gotoku Dai wo dasite Uta wo tukuru. Minna de 13 nin da. Sen no sunda no wa 9 ji goro dattarô. Yo wa kono–goro Mazime ni Uta nado wo tukuru Ki ni narenai kara, aikawarazu Henabutte yatta: Sono hutatu mitu:

> Waga Hige no Sita muku Kuse ga ikidôrosi, kono–goro nikuki Otoko ni nitareba.
>
> Itu mo ô akaki Uwagi wo kite aruku Otoko no Manako kono–goro Ki ni naru.
>
> Ku–ku to naru Nari–kawa iresi Kutu hakeba, Kaeru wo humu ni nite Kimi warosi.
>
> Sono mae ni Ô–guti aite Akubi suru made no Syugyô wa mi–tose mo kakaran.
>
> Ie wo dete, No koe, Yama koe, Umi koete, aware, doko ni ka yukan to omô.
>
> Tamerawazu sono Te torisi ni odorokite nigetaru Onna hutatabi kaerazu.
>
> Kimi ga Me wa Mannenpitu no sikake ni ya, taezu Namida wo nagasite i–tamô.
>
> Onna mireba Te wo huruwasete tadu–tadu to domorisi Otoko, Ima wa sa ni arazu.
>
> Awo–gusa no Dote ni ne–korobi, Gakutai no tôki Hibiki wo O–sora kara kiku.

Akiko san wa Tetuya wo site tukurô to itte ita. Yo wa ii kagen na Yô wo kosiraete sono mama kaette kita. Kindaiti–kun no Heya ni wa Awomi–kun ga kite ita. Yo mo soko e itte 1 jikan bakari Muda-banasi wo sita. Sosite kono Heya ni kaetta.

Ah, osii iti-niti wo tumaranaku sugosita! to yû Kwaikon no Jô ga niwaka ni Yo no Mune ni waita. Hana wo miru nara naze hitori itte, hitori de omô sama minakattaka? Uta no Kwai! nan to yû tumaranu Koto da rô!

Yo wa Kodoku wo yorokobu Ningen da. Umare-nagara ni site Kozin-syugi no Ningen da. Hito to tomo ni sugosita Zikan wa, iyasikumo, Tatakai de nai kagiri, Yo ni wa Kûkyo na Zikan no yô na Ki ga suru. Hitotu no Zikan wo hutari nari san-nin nari, aruiwa sore ijô no Hito to tomo ni tuiyasu: sono Zikan no Kûkyo ni, sukunaku tomo hanbun Kûkyo ni mieru no wa Sizen no koto da.

Izen Yo wa Hito no Hômon wo yorokobu Otoko datta. Sitagatte, iti-do kita Hito ni wa kono tugi ni mo kite kureru yô ni, naru-beku Manzoku wo ataete kaesô to sita mono da. Nan to yû tumaranu koto wo sita mono da-rô! Ima de wa Hito ni korarete mo sahodo uresiku mo nai. Uresii to omô no wa Kane no nai toki ni sore wo kasite kuresô na Yatu no kita toki bakari da. Sikasi, Yo wa narubeku karitaku nai. Mosi Yo ga nani-goto ni yorazu, Hito kara awaremare, tasukeraruru koto nasi ni Seikwatu suru koto ga de-kitara, Yo wa donna ni uresii darô! Kore wa aete Kane no koto bakari de wa nai. Sô natta-ra Yo wa arayuru Ningen ni Kuti hitotu kikazu ni sugosu koto mo dekiru.

'Tumaranaku kurasita!' sô omotta ga, sono Ato wo kangaeru no ga nani to naku osorosikatta. Tukue no ue wa gotya–gotya site iru. Yomubeki Hon mo nai. Sasiatari seneba naranu Sigoto wa Haha ya sono ta ni Tegami wo kaku koto da ga, Yo wa sore mo osorosii koto no yô na Ki ga suru. Nan to de mo ii kara minna no yorokobu yô na koto wo itte yatte awarena Hito tati wo nagusame tai to wa itu mo omô. Yo wa Haha ya Tuma wo wasurete wa inai, ina, mainiti kangaete iru. Sosite ite Yo wa Kotosi ni natte kara Tegami ippon to Hagaki iti–mai yatta kiri da. Sono koto wa konaida no Setu–ko no Tegami ni mo atta. Setu–ko wa, 3 gwatu de yameru hadu datta Gakkô ni mada dete iru. Kongetu wa mada Tuki-hajime na no ni, Kyô–ko no Kodukai ga nijissen sika nai to itte kita. Yo wa sono tame Sya kara sukosi yokei ni Zensyaku sita. 15 yen dake okutte yaru Tumori datta no da. Sore ga, Tegami wo kaku ga iyasa ni iti–niti hutuka to sugite, ah······!

Sugu neta.

Kono Hi, Asa ni Gunma–ken no Arai to yû Hito ga kita. 'Oti–guri' to yû Zassi wo dasu sô da.

12TH MONDAY

Kyô mo Kinô ni otoranu uraraka na iti–niti de atta.

Kaze naki Sora ni Hana wa mikka no Inoti wo tanosinde mada tiranu. Mado no sita no Sakura wa Hana no ue ni iro asaki Wakame wo huite iru. Kobu–no–ki no Ha wa daibu ôkiku natta.

Saka wo orite Ta–mati ni deru to, migi–gawa ni ikken no Geta–ya ga aru. Sono mae wo tôru to, huto, tanosii, nigiyaka na Koe ga, natukasii Kioku no naka kara no yô ni Yo no Mimi ni haitta. Yo no Me ni wa hiro–biro to sita Awokusa no Nohara ga ukanda ——Geta–ya no Noki no Kago no naka de Hibari ga naite ita no da. 1 pun ka 2 hun no aida, Yo wa kano Hurusato no Oide–no to, soko e yoku Jûryô ni issyo ni itta, sinda Itoko no koto wo omoidasite aruita.

Omô ni, Yo wa sude ni huruki——sikari! huruki Nakama kara hanarete, Zibun hitori no Ie wo tukurubeki Ziki to natta. Yûzin to yû mono ni hutatu no Syurui ga aru. Hitotu wa tagai no Kokoro ni nani ka ai–motomuru tokoro ga atte no Maziwari: sosite Hitotu wa tagai no Syumi nari, Iken nari, Rieki nari ni yotte ai–tikaduita Maziwari da. Dai–iti no Yûzin wa, sono tagai no Syumi nari, Iken nari, Rieki nari, aruiwa Tii nari, Syokugyô nari ga tigatte ite mo, sore ga tyokusetu hutari no aida ni Mazime ni arasowaneba naranu yô na Baai ni tatiitaranu kagiri, kessite hutari no Yûjô no Samatage to wa naranu. Sono aida no Maziwari wa hikaku–teki nagaku tuduku.

Tokoro ga Dai–ni no Baai ni okeru Yûzin ni atte wa, sore to yohodo Omomuki wo koto ni site iru.

Muron kono Baai ni oite naritatta mono mo, Totyû kara Dai-iti no Baai no Kwankei ni ututte, nagaku tuduku koto mo aru. Ga, daitai kono Syu no Kwankei wa, iwaba, issyu no Torihiki Kwankei de aru, Syôgyô-teki Kwankei de aru. A to B to no aida no Tyokusetu-kwankei de nakute, A no Syoyû suru Zaisan, mosikuwa, Kenri——sunawati, Syumi nari, Iken nari, Rieki nari——to, B no yûsuru sore to no Kwankei de aru. Mise nari Ginkô nari no sôgo no Kwankei wa, sôgo no Eigyô-jôtai ni nan no Henkwa no okoranu aida dake tuduku: ittan sono dotira ka ni aru Henkwa ga okoru to, Torihiki wa soko ni Danzetu sezaru wo enai. Makoto ni atarimae no koto da.

Mosi sore ga Daiiti no Kwankei nara, Yûzin wo usinau to yû koto wa, Hukô na koto ni tigai nai: ga, mosi mo sore ga Dai-ni no Baai ni okeru Kwankei de atta nara, kanarazu simo Kôhuku to wa ienu ga, mata aete Hukô de wa nai. Sono Hatan ga Judô-teki ni okoreba, sono Hito ga Bujoku wo uketa koto ni nari, Zidô-teki ni okosita to sureba, katta koto ni naru. Yo ga kokoni 'huruki Nakama' to itta no wa, zitu wa, Yo no Kwako ni oite no mottomo atarasii Nakama de aru, ina, atta. Yo wa Yosano-si woba Ani to mo Titi to mo, muron, omotte inai: ano Hito wa tada Yo wo Sewa site kureta Hito da. Sewa sita Hito to sareta Hito to no Kwankei wa, sita hô no Hito ga sareta hô no Hito yori erakute iru aida, mosikuwa tagai ni betu no Miti wo aruiteru Baai, mosikuwa sita hô no Hito ga sareta hô no Hito yori eraku naku natta toki dake tuduku: onazi Miti wo aruite ite, sosite tagai no aida ni Kyôsô no aru Baai ni wa taete simau. Yo wa ima Yosano-si ni taisite betu ni Keii wo motte inai: onaziku Bungaku wo yari nagara mo nani to naku betu no Miti wo aruite iru yô ni omotte iru. Yo wa Yosano-si to sara ni tikaduku Nozomi wo motanu to tomo ni, aete kore to wakareru Hituyô wo kanzinai: Toki araba imamade no On wo syasitai to mo omotte iru. Aki-ko san wa betu da: Yo wa ano Hito wo Ane no yô ni omou koto ga aru……Kono Hutari wa betu da.

Sinsisya no Kwankei kara eta ta no Yûzin no Tasû wa Yosano Husai to wa yohodo Omomuki wo koto ni site iru. Hirano to wa sude ni Kenkwa sita. Yosii wa Kimen site Hito wo odosu Hôsi na Kûsô-ka no Aryû——mottomo aware na Aryû da. Mosi Karera no iwayuru Bungaku to Yo no Bungaku to onazi mono de aru nara, Yo wa itu demo Yo no Pen wo suteru ni tamerawanu. Sono hoka no Hito-bito wa yû ni mo taranu——

Ina. Konna Koto wa nan no Yô no nai koto da. Kangaetatte nan ni mo naranu. Yo wa tada Yo no hossuru Koto wo nasi, Yo no hossuru Tokoro ni yuki ……Subete Yo-jisin no Yôkyû ni sitagaeba, sorede yoi.

Sikari. Yo wa Yo no hossuru mama ni! That is all!

All of all!

Sosite. Hito ni aiserareruna. Hito no Megumi wo uke-runa, Hito to Yakusoku suruna. Hito no Yurusi wo kowaneba naranu Koto wo suruna. Kessite Hito ni Jiko wo kataruna. Tune ni Kamen wo kabutte ore. Itu nandoki demo Ikusa no dekiru yô ni——Itu nandoki demo sono Hito no Atama wo tataki uru yô ni site oke. Hitori no Hito to Yûzin ni naru toki wa, sono Hito to itu ka kanarazu Zekkô suru koto aru wo wasururuna.

13TH TUESDAY

Asa hayaku chyotto Me wo samasita toki, Jyochû ga hôbô no Amado wo kutte iru Oto wo kiita. Sono hoka ni wa nanni mo kikanakatta. Sosite sono mama mata nemutte simatte, Hukaku no Haru no Nemuri wo 11 ji chikaku made mo musabotta. Hana-gumori sita, Nodoka na Hi: Manto no Hana wa soro-soro chiri hajimeru de arô. O-tsune ga kite, Mado-garasu wo Kirei ni fuite kureta.

Oitaru Haha kara kanashiki Tegami ga kita:——

"Kono aida Miyazaki sama ni okurareshi O-tegami de wa, nan to mo yorokobi ori, Konnichi ka Konnichi ka to machi ori, haya Shi-gwatsu ni nari mashita. Ima made oyobanai Mori ya Makanai itashi ori, Hi ni mashi Kyô-ko ogari, Watakushi no Chikara de kaderu koto oyobi

kanemasu. Sochira e yobu koto wa deki masenka?
Zehi on–shirase kunasare taku negaimasu. Kono
aida, 6 ka 7 ka no Kaze Ame tuyoku, Uchi ni
Ame mori, oru tokoro naku, Kanashimi ni, Kyô–
ko oboi tachikurashi, nan no Aware na koto (to)
omoimasu. Shi–gwatsu 2 ka yori Kyô–ko Kaze wo
hiki, imada naorazu. (Setsu–ko wa) Asa 8 ji de, 5
ji ka 6 (ji) ka made kaerazu. Okkasan to nakare,
nan to mo komari masu. Sore ni Ima wa Kodzukai
nashi. Iti–yen de mo yoroshiku soro: nan to ka
hayaku okuri kunasare taku negaimasu. Omae
no Tsugô wa nan–nichi goro yobi kudasaru ka?
Zehi shirasete kure yo. Henji naki to (ki) wa
kochira shimai, mina mairi masu kara sono Shi-
taku nasare mase. Hakodate ni orare masen kara,
kore dake môshi age mairase soro. Kashiko.

    Shigwatsu 9 ka.

                      Katsu yori.
  Ishikawa sama.''

Yobo–yobo shita Hira–gana no, Kana–chigai da-
rake na Haha no Tegami! Yo de nakereba nan–pito
to iedomo kono Tegami wo yomi uru Hito wa aru
mai! Haha ga osanakatta toki wa kano Morioka Sen-
bokuchô no Terakoya de, Dai–ichi no Shûsai datta to
yû. Sore ga hito–tabi Waga Chichi ni Ka site irai 40
nen no aida, Haha wa osoraku ichi–do mo Tegami
wo kaita koto ga nakatta rô. Yo no hajimete uketotta
Haha no Tegami wa, Ototoshi no Natsu no sore de

atta. Yo wa Haha hitori wo Furusato ni nokoshite Hakodate ni itta. Oitaru Haha wa kano itowashiki Shibutami ni itatamaranaku natte, wasure hatete ita Hira-gana wo omoi dashite Yo ni kanashiki Tegami wo okutta! Sono go Yo wa, Kyonen no hajime Kushiro ni ite Otaru kara no Haha no Tegami wo uketotta. Tôkyô ni dete kara no 5 hon-me no Tegami ga Kyô kita no da. Hajime no koro kara miru to Machigai mo sukunaishi, Ji mo umaku natte kita. Sore ga kanashii! Ah! Haha no Tegami!

Kyô wa Yo ni totte kessite Kôfuku na Hi de wa nakatta. Okita toki wa, nani to naku ne-sugosita Kedarusa wa aru mono no, doko to naku Ki ga nonbiri site, Karada-jû no Chi no meguri no yodomi naku sumiyaka naru wo kanjita. Sikasi sore mo chyotto no koto de atta: Yo no Kokoro wa Haha no Tegami wo yonda toki kara, mô, sawayaka de wa nakatta. Iro-iro no Kangae ga ukanda. Atama wa nani ka kô, Haru no Appaku to yû yô na mono wo kanjite, Jibun no Kangae sono mono made ga tada mô madarukkoshii. 'Dôse Yo ni wa kono Omoi Sekinin wo hatasu Ate ga nai.……Mushiro hayaku Zetsubô shite shimaitai.' Konna Koto ga kangaerareta.

Sô da! 30 kwai gurai no Shimbun Shôsetu wo kakô. Sore nara aruiwa Angwai hayaku Kane ni naru ka mo shirenai!

Atama ga matomaranai. Densha no Kippu ga iti-mai shika nai. Tô-tô Kyô wa Sha wo yasumu koto ni shita.

Kashihon-ya ga kita keredo, 6 sen no Kane ga nakatta. Sosite, "Kûchû-sensô" to yû Hon wo karite yonda.

ATARASHIKI MIYAKO NO KISO.

YAGATE SEKAI NO IKUSA WA KITARAN!
PHOENIX NO GOTOKI KÛCHÛ-GUNKAN GA SORA NI MURETE,
SONO SHITA NI ARAYURU TOFU GA KOBOTA-REN!
IKUSA WA NAGAKU TSUDZUKAN! HITO-BITO NO NAKABA WA HONE TO NARUNARAN!
SHIKARU NOCHI, AWARE, SHIKARU NOCHI, WARERA NO
"ATARASHIKI MIYAKO" WA IDZUKO NI TATSUBEKI KA?
HOROBITARU REKISHI NO UE NI KA? SHIKÔ TO AI NO UE NI KA? INA, INA.
TSUCHI NO UE NI, SHIKARI, TSUCHI NO UE NI: NAN NO——HÛHU TO YÛ
SADAMARI MO KUBETSU MO NAKI KÛKI NO NAKA NI:
HATE SHIRENU AOKI, AOKI SORA NO MOTO NI!

14TH WEDNESDAY

Hare. Satô san ni Byôki–todoke wo yatte, Kyô to Asu yasumu koto ni shita. Sakuya Kindaichi kun kara, konaida no 2 yen kaeshite kureta no de, Kyô wa Tabako ni komaranakatta. Soshite kaki–hajimeta: Dai wa "Hô", ato de "Mokuba" to aratameta.

Sôsaku no Kyô to Seiyoku to wa yohodo chikai yô ni omowareru. Kashihon–ya ga kite Myô na Hon wo miserareru to, nandaka yonde mitaku natta: soshite karite shimatta. Hitotsu wa "Hana no Oboroyo", hitotsu wa "Nasake no Tora–no–maki". "Oboroyo" no hô wo Rôma–ji de Chômen ni utsushite, 3 jikan bakari tsuiyashita.

Yoru wa Kindaichi kun no Heya ni Nakajima kun to, Uwasa ni kiite ita Shô–shijin kun——Uchiyama Shun kun ga kita no de, Yo mo itta. Uchiyama kun no Hana no Kakkô tara nai! Bukakkô na Sato–imo wo Kao no Mannaka ni kuttsukete, sono Saki wo kezutte hirataku shita yô na Hana da. Yoku shaberu, tatetsuzuke ni shaberu: marude Hige wo hayashita Mamezô no yô da. Se mo hikui. Yo no mita Kazu shirenu Hito no uchi ni konna awarena Hito wa nakatta. Makoto ni awarena, soshite dôketa, Tsumi no nai——mushiro sore ga Do wo sugoshite, kaette omô–sama bunnagutte de mo yaritaku naru hodo aware–na Otoko da. Majime de yû koto wa mina Kokkei ni kikoeru: soshite nani ka odoketa Koto wo itte Bukakkô na Hana wo susuri–ageru to naku no ka to omoeru. Shijin! Kono Hito no tsutomeru Yaku wa Omatsuri no Hi ni Katakage e Kodomo–ra wo atsumete, naku yô na Uta wo utai nagara Hachimaki wo shite odoru——sore da!

Ame ga futte kita: mô 10 ji chikakatta. Nakajima kun wa Shakwaishugi–sha da ga, Kare no Shakwaishugi wa Kizoku–teki na Shakwaishugi da——Kare wa Kuruma de kaette itta. Soshite Uchiyama kun—— Shijin wa Honto no Shakwaishugi–sha da……Bangasa wo karite kaette iku sono Sugata wa makoto ni Shijin rashii Kakkô wo sonaete ita…….

Nani ka mono–taranu Kanji ga Yo no Mune ni—— soshite Kindaichi kun no Mune ni mo atta. Futari wa sono Tokono–ma no Kwabin no Sakura no Hana wo, Heya–ippai ni——shiita Futon no ue ni chirashita. Soshite Kodomo no yô ni kyak–kya sawaida.

Kindaichi kun ni Futon wo kabusete bata–bata tataita. Soshite Yo wa kono Heya ni nigete kita. Soshite sugu kanjita: "Ima no wa yahari Genzai ni taisuru isshu no Hakwai da!"

"Mokuba" wo 3 mai kaite neta. Setsu–ko ga koishi– katta——shikashi sore wa wabishii Ame no Oto no tame de wa nai: "Hana no Oboro–yo" wo yonda tame da!

Nakajima Kotô kun wa Yo no Genkô wo utte kureru to itta.

15TH THURSDAY

Ina! Yo ni okeru Setsu-ko no Hitsuyô wa tan ni Seiyoku no tame bakari ka? Ina! Ina!

Koi wa sameta. Sore wa Jijitsu da: Tôzen na Jijitsu da——kanashimu beki, shikashi yamu wo enu Jijitsu da!

Shikashi Koi wa Jinsei no Subete de wa nai: sono ichi-bubun da, shikamo goku Wazuka na ichi-bubun da. Koi wa Yûgi da: Uta no yô na mono da. Hito wa dare de mo utaitaku naru toki ga aru: soshite utatteru toki wa tanoshii. Ga, Hito wa kesshite Isshô utatte bakari wa orarenu mono de aru. Onaji Uta bakari utatteru to ikura tanoshii Uta demo akiru. Mata ikura utaitakutte mo utaenu toki ga aru.

Koi wa sameta: Yo wa tanoshikatta Uta wo utawanaku natta. Shikashi sono Uta sono mono wa tanoshii: itsu made tatte mo tanoshii ni chigai nai.

Yo wa sono Uta bakari wo utatteru koto ni akita koto wa aru: shikashi, sono Uta wo iya ni natta no de wa nai. Setsu-ko wa Makoto ni Zenryô na Onna da. Sekai no doko ni anna Zenryô na, yasashii, soshite Shikkari shita Onna ga aru ka? Yo wa Tsuma to shite Setsu-ko yori yoki Onna wo mochi-uru to wa dô-shite mo kangaeru koto ga dekinu. Yo wa Setsu-ko igwai no Onna wo koishii to omotta koto wa aru: hoka no Onna to nete mitai to omotta koto mo aru: Gen ni Setsu-ko to nete-i-nagara sô omotta koto mo aru.

Soshite Yo wa neta——hoka no Onna to neta. Shikashi sore wa Setsu-ko to nan no Kwankei ga aru? Yo wa Setsu-ko ni Fumanzoku datta no de wa nai: Hito no Yokubô ga Tanichi de nai dake da.

Yo no Setsu-ko wo aishiteru koto wa Mukashi mo Ima mo nan no Kawari ga nai. Setsu-ko dake wo aishita no de wa nai ga, mottomo aishita no wa yahari Setsu-ko da. Ima mo——koto ni kono-goro Yo wa shikiri ni Setsu-ko wo omô koto ga ôi.

Hito no Tsuma to shite Yo ni Setsu-ko hodo kaai-sô na Kyôgû ni iru mono ga arô ka?!

Genzai no Fûfu-seido——subete no Shakwai-seido wa Machigai darake da. Yo wa naze Oya ya Tsuma ya Ko no tame ni Sokubaku sareneba naranuka? Oya ya Tsuma ya Ko wa naze Yo no Gisei to naraneba naranuka? Shikashi sore wa Yo ga Oya ya Setsu-ko ya Kyô-ko wo aishiteru Jijitsu to wa onozukara Betsumondai da.

Makoto ni Iya na Asa de atta. Koi no gotoku natsukashii Haru no Nemuri wo sutete oki-ideta no wa, mô 10 ji sugi de atta. Ame——tuyoi Ame ga Mado ni shibuite ita: Kûki wa jime-jime shite iru. Benjo ni itte odoroite kaette kita: Kinô made Fuyu-ki no mama de atta Ki ga mina Asa-midori no Me wo fuite iru: Nishikata-machi no Kodachi wa Kinô made no Hana-goromo wo nugi-sutete, Ame no naka ni kemuru yô na Waka-ba no Usumono wo tsukete iru.

1909. IV. 15

Hito–ban no Haru no Ame ni Sekai wa Midori–iro ni kawatta!

Kesa mata Geshuku–ya no Saisoku!

Kô yû Seikwatsu wo itsu made tsuzukeneba naranu ka? Kono Kangae wa sugu ni Yo no Kokoro wo yowaku shita. Nani wo suru Ki mo nai. Sono uchi ni Ame ga hareta. Doko kae yuki–tai. Sô omotte Yo wa deta. Kindaichi–kun kara Masaka no Toki ni Shichi ni irete tsukae to iwarete ita Inbanesu wo Matsusaka–ya e motte itte, 2 yen 50 sen kari, 50 sen wa Sen ni irete iru no no Rishi ni ireta. Sô shite Yo wa doko ni yuku beki ka wo kangaeta. Kôgwai e detai——ga, doko ni shiyô? Itsu ka Kindaichi kun to Hanami ni itta yô ni, Azuma–bashi kara Kawa–jôki ni notte Senju–Ôhashi e yuki, Inaka meita Keshiki no naka wo tada hitori aruite mi–yô ka? aruiwa mata, moshi doko ka ni Akiya de mo attara, kossori sono naka e haitte yûgata made nete mi–tai! To–ni–kaku Yo no sono Toki no Kimochi dewa Hito no takusan iru tokoro wa iya de atta. Yo wa sono Kangae wo kimeru tame ni Hongô–kwan——Kwankôba wo hito–mawari shita. Soshite Densha ni notte Ueno ni itta.

Ame no ato no Hito sukunaki Ueno! Yo wa tada sô omotte itta. Sakura to Sakura no Ki wa, Hana ga chiri–tsukushite Gaku dake nokotte iru——kitanai I–ro da. Kaede no Midori! Naita ato no Kao no yô na Miniku–sa no Soko kara, doko to naku mô Hatsu–natsu no Shigeki tsuyoi Chikara ga arawarete iru yô ni mieru. To-aru Dô no ushiro de, 40 gurai no, Raibyô-kwanja no Onna ga Junsa ni shiraberarete ita. Doko ka e yukitai! Sô omotte Yo wa aruita. Takai Hibiki ga Mimi ni haitta: sore wa Ueno no Station no Kisha no Kiteki da——

Kisha ni nori-tai! sô Yo wa omotta. Doko made to yû Ate wa nai ga, notte, soshite mada itta koto no nai Tokoro e yuki tai! Saiwai Futokoro ni wa 3 yen bakari aru. Ah! Kisha ni noritai! Sô omotte aruite iru to potsuri-potsuri Ame ga ochite kita.

Ame wa betsu ni Honburi ni mo narazu ni hareta ga, sono toki wa mô Yo wa Hirokôji no Shôhinkwan no naka wo aruite ita. Soshite, Baka-na! to omoi nagara, sono naka no Yôshoku-ten e haitte Seiyô-ryôri wo kutta.

Genkôshi, Chômen, Ink nado wo katte kaetta toki Kindaichi kun mo kaette kita soshite issho ni Yu ni haitta.

"Mokuba"!

16TH FRIDAY

Nan to yû Baka na koto darô! Yo wa Sakuya, Kashihon-ya kara karita Tokugawa-jidai no Kôsho-kubon "Hana no Oboroyo" wo 3 ji goro made Chômen ni utsushita——ah, Yo wa! Yo wa sono hageshiki Tanoshimi wo motomuru Kokoro wo seishi kaneta!

Kesa wa Iyô naru Kokoro no Tsukare wo idaite 10

ji-han goro ni Me wo samashita. Soshite Miyazaki kun no Tegami wo yonda. Ah! Minna ga shinde kureru ka, Yo ga shinu ka: Futatsu ni Hitotsu da! Jissai Yo wa sô omotta. Soshite Henji wo kaita. Yo no Seikwatsu no Kiso wa dekita, tada Geshuku wo hikiharau Kane to, Uchi wo motsu Kane to, sore kara Kazoku wo yobi-yoseru Ryohi! sore dake areba yoi! Kô kaita. Soshite shini-taku natta.

Yarô-yarô to omoinagara, Tegami wo kaku no ga iya-sa ni——osoroshisa ni, Kyô made yarazu ni oita 1 yen wo Haha ni okutta——Miyazaki kun no Tegami ni Dôfû shite.

Yo wa Sakuya no Tsuzuki——'Hana no Oboroyo' wo utushite, Sha wo yasunda.

Yoru ni natta. Kindaichi kun ga kite, Yo ni Sôsaku no Kyô wo okosase yô to iro-iro na Koto wo itte kureta. Yo wa nan to yû koto naku, tada mô Muyami ni Kokkei na koto wo shita.

"Jibun no Shôrai ga Futashika da to omô kurai, Ningen ni totte Anshin na koto wa arimasen ne! Ha, ha, ha, ha!"

Kindaichi kun wa Yoko ni taoreta.

Yo wa Mune no Abara-bone wo ton-ton Yubi de tataite, "Boku ga ima Nani wo——nan no Kyoku wo hiiteru ka, wakari masu ka?"

Aran kagiri no Baka-mane wo shite, Kindaichi kun wo kaeshita. Soshite sugu Pen wo totta. 30 pun sugita. Yo wa Yo ga tôtei Shôsetsu wo kakenu Koto wo mata Majime ni kangae neba naranakatta. Yo no Mirai ni Nan no Kibô no nai koto wo kangaeneba naranakatta. Soshite Yo wa mata Kindaichi kun no Heya ni itte, Kazu-kagiri no Baka-mane wo shita. Mune ni ôkina Hito no Kao wo Kai-tari, iro-iro na Kao wo shitari, Kuchibue de Uguisu ya Hototogisu no Mane wo shitari——soshite Saigo ni Yo wa Naifu wo toriagete Shibai no Hito-goroshi no Mane wo shita. Kindaichi kun wa Heya no soto ni nigedashita! Ah! Yo wa kitto sono toki aru osoroshii koto wo kangaete itatta ni Sôi nai!

Yo wa sono Heya no Dentô wo keshita, soshite To-bukuro no naka ni Naifu wo furiagete tatte ita!

———

Futari ga sara ni Yo no Heya de Kao wo awashita toki wa, dotchi mo Ima no koto wo akirete ita. Yo wa, Jisatsu to yû koto wa kesshite kowai koto de nai to omotta.

Kakute, Yoru, Yo wa nani wo shita ka? "Hana no Oboroyo"!

2 ji goro datta. Koishikawa no Oku no hô ni Kwaji ga atte, Makkura na Sora ni tada hitosuji no Usuakai Kemuri ga massugu ni tachi nobotta.

Hi! Ah!

17TH SATURDAY

10 ji goro ni Namiki kun ni okosareta. Yo wa

Namiki kun kara Tokei wo Shichi ni irete mada kaesazu ni iru. Sono Namiki kun no Koe de, fukai, fukai Nemuri no Soko kara yobisamasareta toki, Yo wa nan to mo ienu Fuyukwai wo kanjita. Tsumi wo okashita mono ga, koko nara Anshin to doko ka e kakurete ita tokoro e, Junsa ni fumi-komareta nara konna Kimochi ga suru ka mo shirenu.

Dôse omoshiroi Hanashi no ari-yô wa nai. Muron Tokei no Saisoku wo uketan demo nande mo nai ga, futari no Aida ni wa fukai Seikaku no Hedatari ga aru⋯⋯. Gorky no koto nado wo katari-atte 12 ji goro wakareta.

Kyô koso kanarazu kakô to omotte Sha wo yasunda ――ina, yasumitakatta kara kaku koto ni shita noda. Sore wa to-mo-kaku mo Yo wa Sakuya kangaete oita "Aka Ink" to yû no wo kakô to shita. Yo ga Jisatsu suru koto wo kaku no da. Nôto e 3 mai bakari wa kaita⋯⋯soshite kakenaku natta!

Naze kakenu ka? Yo wa tôtei Yo-jishin wo Kakukan suru koto ga dekinai noda. Ina. To-ni-kaku Yo wa kakenai――Atama ga matomaranu.

Sore kara "Mokichiism" to yû Dai de katte "Nyûkyô-ki" ni kakô to omotte ita koto wo kakô to shita ga⋯⋯.

Furo de Kindaichi kun ni atta. Ima Jinbo Hakase kara Denwa ga kakatte kita ga, Karafuto-yuki ga kimari sô da to yû. Kindaichi kun mo odoroite iru shi, Yo mo odorokazaru wo enakatta. Iku to sureba kono Haru–chû darô to yû koto da. Kabafuto–chô no Shokutaku to shite 'Giriyâku' 'Orocko' nado yû Dojin no Kotoba wo shiraberu ni yuku no da sô da.

Furo kara agatte kite Tsukue ni mukau to kanashiku natta. Kindaichi kun ga Kabafuto e yuki taku nai no wa, Tôkyô de Seikwatsu suru koto no dekiru tame da: mada Dokushin de iro–iro na Nozomi ga aru tame da. Moshi Yo ga Kindaichi kun dattara to kangaeta. Ah, ah!

Ma mo naku Kindaichi kun ga, "Doppo–shû Daini" wo motte haitte kita: soshite nakitaku natta to itta. Soshite mata Kyô–ichi–nichi Yo no koto bakari kangaete ita to itte, itamashii Metsuki wo shita.

Kindaichi kun ni Doppo no "Hirô" sono ta 2, 3 pen wo yonde moratte kiita. Sore kara Kabafuto no iro–iro no Hanashi wo kiita. Ainu no koto, Asa–zora ni Habataki suru Washi no koto, Fune no koto, Hito no hairenu Dai–shinrin no koto……

"Kabafuto made Ryohi ga ikura kakari masu?" to Yo wa tôta.

"20 yen bakari deshô."

"Hm—m," to Yo wa kangaeta: soshite itta. "Atchi e ittara nan ka Boku ni dekiru yô na Kuchi wo mitsukete kuremasen ka? Junsa de mo ii!"

Tomo wa itamashii Me wo shite Yo wo mita.

Hitori ni naru to, Yo wa mata iya na kangae–goto wo tsuzukenakereba naranakatta. Kongetsu mo mô Nakaba–sugi da. Sha ni wa Zenshaku ga aru shi……

soshite, kakenu!

'Subaru' no Uta wo naosô ka to mo omotta ga, Kami wo nobeta dake de Iya ni natta.

Akiya e haitte nete ite, Junsa ni tsurerarete iku Otoko no koto wo kakitai to omotta ga, shikashi Fude wo toru Ki ni wa narenu.

Naki–tai! Shin ni naki–tai!

"Danzen Bungaku wo yame yô." to hitori de itte mita.

"Yamete, dô suru? Nani wo suru?"

"Death!" to kotaeru hoka wa nai no da. Jissai Yo wa nani wo sureba yoi no da? Yo no suru koto wa nani ka aru darô ka?

Itsuso Inaka no Shimbun e de mo ikô ka! Shikashi itta tote yahari Kazoku wo yobu Kane wa Yôi ni deki sô mo nai. Sonnara, Yo no Dai–ichi no Mondai wa Kazoku no koto ka?

To–ni–kaku Mondai wa Hitotsu da. Ika ni shite Seikwatsu no Sekinin no Omosa wo kanjinai yô ni narô ka?——kore da.

Kane wo Jibun ga motsu ka, shikarazunba, Sekinin wo Kaijo shite morô ka: Futatsu ni Hitotsu.

Osoraku, Yo wa shinu made kono Mondai wo shotte ikaneba naranu darô! To–ni–kaku nete kara kangae yô. (yoru 1 ji.)

18TH SUNDAY

Hayaku Me wa samashita ga, okitaku nai. To ga shimatte iru no de Heya no naka wa usu-gurai. 11 ji made mo Toko no naka ni mozokusa shite ita ga, Sha ni ikô ka, ikumai ka to yû, tatta hitotsu no Mondai wo mote-amashita. Ikô ka? Ikitaku nai. Ikumai ka? Iya, iya, sore de wa warui. Nan-to mo Ketsumatsu no tsukanu uchi ni Jochû ga mô Tonari no Heya made Sôji shite kita no de okita. Kao wo aratte kuru to, Toko wo agete dete yuku Otsune no Yatsu:

"Sôji wa O-hiru sugi ni shite yaru kara, nê, iide shô?"

"Âh." to Yo wa Kinuke shita yô na Koe de kotaeta. "——shite yaru? Hm." to, kore wa Kokoro no uchi.

Setsu-ko kara Hagaki ga kita. Kyô-ko ga chikagoro mata Karada no Guai ga yoku nai no de Isha ni miseru to, mata I-chô ga warui——shikamo Mansei da to itta to no koto. Yo ga inai no de Kokoro bosoi: Tegami ga hoshii to kaite aru.

To ni kaku Sha ni yuku koto ni shita. Hitotsu wa Setsu-ko no Tegami wo mite Ki wo kaeta tame de mo aru ga, mata, 'Kyô mo yasunderu!' to Jochû-domo ni omowaretaku nakatta kara da. 'Nâni, Iya ni nattara Tochû kara dokka e asobi ni ikô!' Sô omotte deta ga, yappari Densha ni noru to Kippu wo Sukiyabashi ni kirasete Sha ni itte shimatta.

Mittsu gurai no kaaii Onna no Ko ga notte ita.

Kyô-ko no koto ga sugu Yo no Kokoro ni ukanda. Setsu-ko wa Asa ni dete Yû-gata ni kaeru: sono ichi-nichi, semakurushii Uchi no naka wa Okkasan to Kyô-ko dake! Ah, Obâ-san to Mago! Yo wa sono ichi-nichi wo omôto, Me ga onozukara kasumu wo oboeta. Kodomo no Tanoshimi wa Kuimono no hoka ni nai. Sono Tanchô na, usu-gurai Seikwatsu ni unda toki, Kyô-ko wa kitto nani ka tabe-tai to segamu de arô. Nani mo nai. "Obâ-san, nani ka, Obâ-san!" to Kyô-ko wa naku. Nan to sukashite mo kikanai. "Sore, sore······" to itte, ah, Takuan-zuke!

Fu-shôkwa-butsu ga itaike na Kyô-ko no Kuchi kara Hara ni haitte, soshite yowai I ya Chô wo itamete iru sama ga Kokoro ni ukanda!

Nise-byôki wo tsukatte 5 ka mo yasunda no da kara, Yo wa ta-shô Shikii no takai yô na Kimochi de Sha ni haitta. Muron nan no Koto mo nakatta. Soshite, Koko ni kite isae sureba, tsumaranu Kangae-goto wo shinaku te mo ii yô de, nan da ka Anshin da. Dô-ji ni, nan no Keirui no nai——Jibun no toru Kane de Jibun hitori wo Shochi sureba yoi Hito tachi ga urayamashikatta.

Shimbun Jigyô no Kyômi ga, Kôsei no Aima-aima ni Yo wo Shigeki shita. Yo wa Otaru ga Shôrai mottomo Yûbô na Tokwai na koto wo kangaeta; soshite, Otaru ni Shimbun wo okoshite, aran-kagiri no Kwatsudô wo shitara, donna ni Yukwai darô to omotta.

Bôsô wa Hate mo nai! Hakodate no Tsunami······
Kindaichi kun to tomo ni Kabafuto e yuku koto······
Russia-ryô no Hokubu-Kabafuto e itte, iro-iro no
Kokuji-hannin ni au koto·······.

Kaeri ni Oshi no Onna wo Densha no naka de mita.
"Koishikawa" to Techô e kaite, sore wo Shashô ni
shimeshite, Norikae-kippu wo moratte ita.

Imôto——Oya-kyôdai ni wakare, English-jin no
Evance(?) to yû Hito to tomo ni Kongetsu Asahika-
wa e itta Mitsu-ko kara nagai Tegami ga kite ita.
"······Kono-goro wa Daibu Machi ni mo nare-mashite,
shinogi-yasuku nari-mashita. De mo, kô, yawaraka
na Haru-biyori wo Mado-goshi ni ukete nado orimasu
to, doko mo omoidashi masen ga, tada, Furusato naru
Shibutami wo omoi-dashi-masu. Nii-sama ni iitsuke-
rarete, ano Yama-michi no hô nado, Sumire wo
sagashi ni aruki-mashita Tôji no koto wo Tsuikwai
itashi-masu. Nî-sama mo aruiwa sono Tôji no Arisama
wo Kokoro ni o-tadori ni naru koto ga o-ari ka mo
shiremasen!······Watashi no Tsukue no ue ni kaaira-
shii Fukujusô ga arimasu. Sore wo mite imasu to,
Kyô, fu-to Furusato ga omoi-dasarete nari-masen no.
Yoku Sumire ya Fukujusô wo sagashi ni, ano Hakaba
no Hotori wo aruki-mashitakke!······Soshite, iro-iro
na koto wo omoi-dashimashita no. Nî-sama ni shika-
rareta Mukashi no koto wo omotte wa, atarashiku
urande mo mimashita——Yurushite kudasai-mase!
Ima wa shikarare-takute mo oyobi-masen!

"Naze ano toki, amanjite Nî–sama ni shikararena–katta de shô? Ima ni natte wa sore ga kono ue mo naku kuyashiu gozai–masu. Mô–ichi–do Nî–sama ni shikararete mitakutte! Shikashi mô oyobimasen!⋯⋯ Jissai Watashi no Kokoro–gake wa machigatte–mashita nê!⋯⋯Nî–sama wa Ima Shibutami no tare ka to O–tayori nasutte irassharu no? Watashi, Akihama Kiyo–ko san ni O–tegami dashitai to zonjite ori–masu ga, Hokkaido e maitte kara mada ichi–do mo dashi–masen no.⋯⋯

"Sore kara Watashi–domo nê, 5 gwatsu Nakagoro wa Fujin–kwai ya Shûyô–kwai ga gozaimashite, mata Otaru ya Yoichi hômen e mairi–masu.⋯⋯"

⋯⋯Yo no Me wa kasunda. Kono Kokoro–mochi wo sono mama Imôto ni tsugeta nara, Imôto wa donna ni yorokobu de arô! Genzai no Yo ni, kokoro–yuku bakari ajiwatte yomu Tegami wa, Imôto no sore bakari da: Haha no Tegami, Setsu–ko no Tegami, sorera wa Yo ni wa amari kanashii, amari tsurai. Naru beku nara yomitaku nai to sura omô. Soshite mata, Yo ni wa Izen no yô ni Kokoro to Kokoro no hibiki–au yô na Tegami wo kaku Yûjin ga naku natta. Toki–doki Shôsoku suru Onna――ni–san–nin no wakai Onna no Tegami――sore mo natsukashiku nai Wake de wa nai ga, shikashi sore wa Itsuwari da. ⋯⋯Imôto! Yo no tada hitori no Imôto! Imôto no Mi ni tsuite no Sekinin wa subete Yo ni aru. Shikamo Yo wa sore wo sukoshi mo hatashite inai.――Ototoshi

no 5 gwatsu no Hajime, Yo wa Shibutami no Gakkô
de Strike wo yatte Menshoku ni nari, Imôto wa Otaru
ni ita Ane no moto ni Yakkai ni naru koto ni nari,
Yo mo mata Hokkaidô e itte nani ka yaru tsumori
de, issho ni Hakodate made tsuretette yatta. Tsugaru
no Umi wa areta. Sono toki Yo wa Fune ni yotte aoku
natteru Imôto ni Seishintan nado wo nomashite, Kaihô
shite yatta.——Ah! Yo ga tatta hitori no Imôto ni
taishite, Ani rashii koto wo shita no wa, osoraku,
sono Toki dake na noda!

Imôto wa mô nijûni da. Atarimae naraba Muron
mô Kekkon shite, kaaii Kodomo demo daiteru beki
Toshi da. Sore wo, Imôto wa ima made mo ikutabi
ka Jikwatsu no Hôshin wo tateta. Fukô ni shite sore
wa Shippai ni owatta: amari ni Ani ni nite iru Fukô
na Imôto wa, yahari Genjitsu no Sekai ni atehamaru
yô ni dekite inakatta! Saigo ni Imôto wa Kami wo
motometa: ina, osorakuwa, Kami ni yotte Shokugyô
wo motometa. Mitsu-ko wa, ima, hiyayaka na Gwai-
koku-fujin no moto ni yashinawarete, 'Kami no tame'
ni hataraite iru: Rainen wa Shiken wo ukete Nagoya
no Mission School e hairi, 'Isshô wo Kami ni sasagete'
Dendô-fu ni naru to yû!

Ani ni nita Imôto wa hatashite Shûkyô-ka ni teki-
shite iru darô ka!

Seikaku no amari ni chikai tame de gana arô; Yo
to Imôto wa chiisai toki kara Naka ga warukatta.
Osoraku kono futari no kurai Naka no warui Kyôdai

wa doko ni mo arumai. Imôto ga Yo ni taishite Imôto rashii Kuchi wo kiita koto wa atta ga, Yo wa mada Imôto ga Ijiko no naka ni ita toki kara, tsui zo Ani rashii Kuchi wo kiita koto wa nai!

Ah! Sore nı mo kakawarazu, Imôto wa Yo wo urande-nai: mata Mukashi no yô ni shikararete mitai to itteru——sore ga mô dekinai to kanashinderu! Yo wa nakitai!

Shibutami! Wasuren to shite wasure enu no wa Shibutami da! Shibutami! Shibutami! Ware wo sodate, soshite Hakugai shita Shibutami!······Yo wa nakitai, nakô to shita. Shikashi Namida ga denu!······ Sono Shôgai no mottomo Taisetsu na 18 nen no aida wo Shibutami ni okutta Chichi to Haha——kanashii Toshiyori dachi ni wa, sono Shibutami wa amari ni tsuraku itamashii Kioku wo nokoshita. Shinda Ane wa Shibutami ni 3 nen ka 5 nen shika inakatta. Niban-me no Iwamizawa no Ane wa, yasashii Kokoro to tomo ni Shibutami wo wasurete iru: omoidasu koto wo Chijyoku no yô ni kanjite iru. Soshite Setsu-ko wa Morioka ni umareta Onna da. Yo to tomo ni Shibutami wo wasure enu mono wa doko ni aru ka! Hiroi Sekai ni Mitsu-ko hitori da!

Konya, Yo wa Imôto——aware naru Imôto wo omô no Jô ni taenu. Aitai! Atte Ani rashii Kuchi wo kiite yaritai! Kokoro yuku bakari Shibutami no koto wo kataritai. Futarı tomo Yo-no-naka no Tsurasa,

Kanashisa, Kurushisa wo shiranak-atta nan-nen no Mukashi ni kaeritai! Nani mo iranu! Imôto yo! Imôto yo! Warera no Ikka ga uchisorôte, tanoshiku Shibutami no Mukashi-banashi wo suru Hi wa hatashite aru darô ka?

Itsu shika Ame ga furi-dashite, Amadare no Oto ga wabishii. Yo ni shite moshi Chichi——sude ni ichi-nen Tayori mo sezu ni iru Chichi to, Haha to, Mitsu-ko to, sore kara Saishi to wo atsumete, tatoi nan no umai Mono wa naku-tomo, issho ni Bansan wo toru koto ga dekiru nara…………

Kindaichi-kun no Kabafuto-iki wa, Natsu-yasumi dake iku no da sô da. Kyô wa Gengogaku-kwai no Ensoku de Ômiya made itte kita to no koto.

19th MONDAY

Geshuku no Gyakutai wa itareri-tsukuseri de aru. Kesa wa 9 ji goro okita. Kao wo aratte kite mo Hibachi ni Hi monai. Hitori de Toko wo ageta. Match de Tabako wo nonde iru to, Kodomo ga Rôka wo yuku: iitsukete Hi to Yu wo morô. 20 pun mo tatte kara Meshi wo motte kita. Shamoji ga nai: Bell wo oshita. Konai. Mata oshita. konai. Yohodo tatte kara O-tsune ga sore wo motte kite, mono-iwazu ni nageru yô ni oite itta. Miso-jiru wa tsumetaku natte iru.

Mado no shita ni Kobu-no-ki no Hana ga saite iru. Mukashi-mukashi, mada Shibutami no Tera ni ita koro, yoku ano Ki no Eda wo kitte wa Paipu wo koshiraeta mono dakke!

Jochû nado ga Shikkei na Soburi wo suru to, Yo wa itsu demo, 'Hm, ano Chikushô! Ore ga Kane wo minna haratte, soshite, Yatsu-ra ni mo Kane wo kurete yattara, donna Kao wo shite Obekka wo tsukaiyagaru darô!' to omô. Shikashi kangaete miru to, itsu sono Jidai ga Ore ni kuru no da?

"Kozukai Toyokichi." nochi ni "Sakaushi-kun no Tegami." to Dai wo aratamete kaki-dashita ga, 5 gyô mo kakanu uchi ni 12 ji ni natte, Sha ni dekaketa.

Kawatta koto nashi. Rô-shôsetsu-ka Mishina-rôjin ga nani ka to Yo ni shitashimitagatteru Yôsu ga omoshiroi. Kyûji no Kobayashi wa, "Anata ga Subaru to yû Zasshi ni Shôsetsu wo okaki ni natta no wa nan-gwatsu desu ka?" to kiite itakke.

Kaette kite "Sakaushi-kun no Tegami" wo Rôma-ji de kakidashita ga, 10 ji goro ni wa Atama ga tsukarete shimatta.

20TH TUESDAY

Rôka de Otsune ga nani ka hanashite iru. Sono Aite no Koe wa Yo no imada kiita koto no nai Koe da: hosoi, ui-ui shii Koe da. Mata atarashii Jochû ga kita na to omotta——Sore wa 7 ji goro no koto——kono Hi Dai-ichi ni Yo no Ishiki ni nobotta Dekigoto wa kore da.

Utsura–utsura to shite iru to, tare ka shira haitte kita. 'Kitto atarashii Jochû da.'——sô Yume no yô ni omotte, 2, 3 do yuruyaka na Kokyû wo shite kara Me wo sukoshi bakari aite mita. Omotta tôri, 17 gurai no Maru–gao no Onna ga, Hibachi ni Hi wo utsushite iru. 'Osada–san ni nita.' to, sugu Me wo tsuburi nagara, omotta. Osada–san to yû no wa Shibutami no Yûbinkyoku no Musume de atta. Ano koro——36 nen——tashika jûshi datta kara, ima wa jû——jû—— sô da, mô hatachi ni natta no da……Doko e O–yome ni itta rô? Sonna koto wo kangae nagara Kanaya Shichirô kun wo omoi–dashita. Soshite uto–uto shita. Sugu mata Me ga sameta——to itte mo Me wo aku hodo sukkari de wa nai. Te araku Shôji wo akete Otsune ga haitte kita: soshite Hibachi no Hi wo motte yuku. Yo ga Me wo aku to,

"Anata no tokoro e wa ato de motte kimasu."

"Gyakutai shiyagaru ja nai ka?" to, Yo wa, Mune no naka de dake itta tsumori datta ga, tsui Kuchi ni dete shimatta. Otsune wa Kao–iro wo kaeta: soshite nan to ka itta. Yo wa "mnya, mnya" itte Negaeri wo shita!

Gozen–chû, Atama ga hakkiri shite ite, "Sakaushi– kun no Tegami." wo 2 mai dake kaita. Soshite Sha ni itta.

Sakuya Kawasaki no Temae ni Kisha no Tenpuku ga atta node, Shakwai–bu no Hito–dachi wa Tente– komai wo shite iru.

Reikoku ni kaetta. Ma mo naku Hiraide-kun kara Denwa: Tanka-gô no Genkô no Saisoku da. Iikagen na Henji wo shita ga, hm! tsumaranai, Uta nado! Sô omô to Uchi ni kusubutteru mo tsumaranai to yû Ki ni natte, hitori dekaketa. 5 chôme no Kwatsudo-shashin de 9 ji made ita. Sore kara 1 jikan wa Ate mo naku Densha no naka.

Kesa, Katakake wo Shichiya ni motte itte 60 sen karita. Soshite Tokoya ni haitte Atama wo 5 bu-gari ni shi, Tenugui to Shabon wo katte, sugu sono Mise no mae no Yuya ni hairô to suru to, "Kyô wa Kensa no Hi dakara 11 ji goro kara de nakute wa Yu ga tatanu." to, sono Mise no Aikyô no aru Kami-san ga oshiete kureta.

21TH(sic) WEDNESDAY

Sakuya Makura no ue de Tengwai no 'Chôjaboshi' wo sukoshi yonda. Jitsugyô-kai no koto wo kakô to omotte ikkanen-kan Kenkyû shita to yû Taido ga sude ni machigatte iru. Dai-ni-gi no Shôsetsu……ga, kono Sakka wa Kenchikuka no yô na, Jiken wo kumitateru ue no osorubeki Giryô wo motte iru. Kûsô no hinjaku-na Sak-ka no oyobu tokoro de nai.

Sôshiteru tokoro e Kindaichi kun ga, "O-yu ga aru ka." to itte haitte kite, Ueda Bin-shi ga nani ka no Zasshi e 'Shôsetsu wa Bungaku ni arazu.' to yû

Ronbun wo dasu sô da to yû Hanashi wo shita. "Sore, go-ran nasai!" to Yo wa itta: "Ano Hito mo tôtô sono Kubetsu wo shinakereba naranaku natte kita. Shi wa Bungaku no mottomo junsui-na mono da to yû Ano Hito no classical na Iken nari Shumi nari wo suteru koto mo dekizu, saritote, Shinbungaku no Kenï wo mitomenu Wake ni ikanaku natte kita. Soko de sonna Ni-gen teki na Kubetsu wo tatenakucha naranaku natta-nde shô.――"

Kyô kara 3 gai wa mata O-kiyo-san no Ban da. Hayaku okita.

Tsui ni Hazakura no koro to wa natta. Mado wo akeru to, keburu yô na Wakaba no Iro ga Me wo shigeki-suru.

Kinô wa Densha no naka de futari made Natsu-bô wo kabutta Hito wo mita. Natsu da!

9 ji ni Daimachi no Yuya e itta. Koko wa Kyonen Tôkyô ni kite Sekishinkan ni ita koro, yoku iki-tsuke-ta Yuya da. Ôkii Sugatami, Kimochi yoki Fummuki, nan no kawari wa nai. Tada ano koro ita 17 bakari no Otoko-zuki rashii Onna ga, Kyô wa Bandai no ue ni inakatta. Ichi-mai-garasu no Mado ni wa Asa no suga-suga-shii Nikkô ni Awoba no Kage ga yurameite ita. Yo wa ichi-nen-zen no Kokoro-mochi ni natta. Sansuke mo Kyonen no Yatsu da······Soshite Yo wa hageshii Tôkyô no Natsu ga sugu Me no mae ni kiteru koto wo kanjita. Sekishinkwan no Hito-natsu! sore

wa Yo ga hijô-na Kyûhaku no Chii ni i-nagara mo, sôshite tatoi Hannen no aida de mo Kazoku wo yashinawaneba naranu Sekinin kara nogarete iru no ga ureshikute, sô da! narubeku sore wo kangaenu yô ni shite "Han-dokushin-mono" no Kimochi wo tanoshinde ita Jidai de atta. Sono koro Kwankei shite ita Onna woba, Yo wa Mamo-naku sutete shimatta.—— Ima wa Asakusa de Geisha wo shite iru. Iro-iro no koto wa kawatta. Yo wa kono ichi-nen-kan ni iku-nin ka no atarashii Tomo wo e, sô shite suteta······ Yo wa, sono koro yori Kenkô ni natta Karada wo sesse to arai-nagara, iro-iro no Tsuikwai ni fuketta. ——Ichi-nen-kan no hageshii Tatakai!······And, the dreadful summer is coming again on me——the peniless(*sic*) novelist! The dreadful summer! alas! with great pains and deep sorrows of phigical(*sic*) struggle, and, on other hand, with the bothomless(*sic*) rapture of young Nihilist!

As I came out of the gate of the bathhouse, the expressful faced woman who solled(*sic*) me the soap yesterday said to me 'Good morning' with something calm and favourable gesture.

The bath and the memories bring me some hot and young lightness. I am young, and, at last, the life is not so dark and so painful. The sun shines, and the moon is calm. If I do not send the money, or call up they(*sic*) to Tôkyô, they——my mother and wife will take other manner to eat. I am young, and young, and young: and I have the pen, the brain, the eyes, the heart and the mind. That is all. All of all. If the inn-master take (*sic*) me out of this room, I will go everywhere——where are many inns and hotels in this capital. To-day, I have only one piece of 5 rin-dôkwa: but What then? Nonsence (*sic*)! There are many, many writers in Tôkyô. What is that to me? There is nothing. They are writing with their finger-bones and the brud (*sic*): but I must write with the ink and the G pen! That is all. Ah, the burning summer and the green-coloured struggle!

Kyô kara Kisha no Jikan–kaisei no tame Dai–ippan no Shimekiri ga hayaku nari, tame ni Dai–nihan no dekiru made iru koto ni natta. Shukkin wa 12 ji, Hike wa 6 ji.

Yoru, Kindaichi kun no Heya ni Nakamura kun ga kita: itte hanasu. Kono Hito mo Gakkô wo deru to tabun Asahi e hairu yô ni narudarô to no koto.

Hiraide kara Genkô Saisoku no Denwa.

22TH (*sic*) THURSDAY

Sakuya hayaku neta node, Kyô wa 6 ji goro ni okita. Soshite Uta wo tsukutta. Hareta Hi ga Gogo ni natte kumotta.

Yoru, Kindaichi kun to katari, Uta wo tsukuri, 10 ji goro mata Kindaichi kun no Heya e itte, tsukutta

Uta wo yonde Ô-warai. San-zan huzake-chirashite, ô-sawagi wo shi kaette kite neta.

23TH(*sic*) FRIDAY

6 ji-han goro ni okite Senmenjo ni iku to, Kindaichi kun ga Benjo de aisatsu sareta to yû 19 ban no Heya no Bijin ga ima shimo Kao wo aratte dete yuku tokoro. Osok-atta Yuranosuke! Sono Onna no tsukatta Kanadarai de Kao wo aratte, 'nanda, Baka na koto wo shiyagaru nâ!' to Kokoro no uchi.

Uta wo tsukuru. Yo ga Jiyû-jizai ni Kushi suru koto no dekiru no wa Uta bakari ka to omô to ii Kokoromochi de wa nai.

11 ji goro kara Ame ga furi-dashita, Sha de wa Kimura, Maekawa no Ryô-rôjin ga yasunda no de Dai-ippan no Kôryô made Tabako mo nomenu Isogashisa.

Kaeru koro kara Baka ni samuku natte kita. Sore ni Hara ga hette iru no de Densha no naka de Hizakozô ga furueta. Chûgaku-jidai no Chijin Naganuma-kun ni atta. Nama-shiroi, Ôkina Kao ni, Takabô wo kabutte, ima-fû no Kwaisha-in ka Yakunin-fû no Style wo shite, dô yara Kodomo no ari sô na Ôhei na Yôsu da. Koitsu dôse kuru Yatsu de nai kara to Banchi wo kaite Meishi wo kurete yatta.

Chikagoro Densha no naka de yoku Mukashi no Chijin ni au. Kinô mo Sukiyabashi de oriru toki,

Dekuchi ni chikaku Koshi-kakete ita Kakuobi no Seinen,

"Shitsurei de su ga Anata wa Morioka ni irashitta Ishi――"

"Sô desu, Ishikawa desu."

"Watashi wa Shibanai――"

Shibanai Kaoru, ano kaaikatta Kodomo! Doko ni iru to kiitara, Akasaka no Tada――moto no Morioka-chûgaku no Kôchô――no Uchi ni iru to itta. Kotchi no Jûsho wa oshieru Hima mo naku Yo wa orite shimatta.

Kindaichi kun wa shikiri ni Asu no Lecture no Sôkô wo tsukutte iru rashii. Yo wa kaette kite Meshi ga sumu to sugu torikakatte Uta wo tsukuri hajimeta. Kono aida kara no Bun wo awasete, 12 ji goro made kakatte 70 shu ni shite, "莫復問七十首" to Dai-shite kokoro yoku neta. Nani ni kagirazu ichi-nichi Hima naku Shigoto wo shita ato no Kokoromochi wa tatôru mono mo naku tanoshii. Jinsei no Shin no fukai Imi wa kedashi Koko ni aru no darô!

24TH   SATURDAY

Hareta Hi de wa atta ga Kita-kaze wa fuite, Kandankei wa 62 do 8 bu ni shika noboranakatta.

'Subaru' no Boshû no Uta "Aki" 698 shu uchi kara, Gozen no uchi ni 40 shu dake eranda. Sha ni iku toki sore to Sakuya no "Bakufumon 70 shu." to wo

Hiraide kun no tokoro ni oite itta.

Kyô no Kiji no naka ni Renshû-kantai Taiheiyô-ôdan no Tsûshin ga atte, sono naka ni, Shunki-kôreisai no Asa, Kanïn mina Kanpan ni dete Nishi no Sora wo nozonde Kôrei wo haishita to yû tokoro ga atta. Mimi no kikenai Rô-shôsetsu-ka no Mishina-jiisan, "Nishi no Sora de wa Nippon no Hôkaku de wa nai" to itte Gwan to shite kikanakatta. Sore kara Maekawa-jiisan wa Kinô Mudan-kekkin shita to yû no de, Katô "Round-eyes" to Kenkwa wo shite itakke. Kono Hito wa Yo no Chichi ni nita Hito na no da.

Sukoshi osoku natte kaetta. Tsukue no ue ni wa Genkôshi no ue ni Tegami rashii mono——Mune wo odorashite Dentô no Neji wo hineru to, sore wa Sapporo no Tachibana Chie-ko san kara——! Taiin no shirase no Hagaki wo moratte kara Yo wa mada Henji wo dasazu ni itatta no da.

"Hakodate nite ome-ni-kakarishi wa Wazuka no aida ni sôraishi ga O-wasure mo naku O-tegami······ o-ureshiku"——to kaite aru. "Kono goro wa Soto wo Sanpo suru kurai ni ai-nari sôrô." to kaite aru. "Mukashi shinobare sôrô" to kaite aru. Soshite, "O-hima araba Hagaki nari to mo——" to kaite aru.

Kindaichi kun ga haitte kita. Kyô no Lecture no Seiseki ga yokatta to miete niko-niko shite iru. Hanashi wa iro-iro de atta ga, Tomo no Me no Yo ni kataru tokoro wa, "Sôsaku wo yare." to yû koto de atta. "Sokuseki no ato wo kake." to itta. Soshite 1 ka-getsu-zen no Yo no Kôfun-jidai wo katatte sono Me wa Yo no Genzai no fukaki Kyômi wo ushinatta Kimochi wo semuru gotoku de atta. Yo wa itta :

"Da ga, Kindaichi san, Ore datte sugu Anata no Kibô ni soitai……ga, Ore ni wa ima Teki ga nakunatta! Dô mo Hariai ga nai."

"Teki! Sô desu nê!"

"Ano koro no Teki wa Ôta-kun datta. Jissai desu."

"Sô deshita nê!"

"Ôta to Ore no Torihiki wa angwai hayaku owatte shimatta.

'Nigen, Nigen, nao tokiezuba Sangen wo tatsuru Ikigomi, kashikoki Tomo kana.'

Watashi wa kono Uta wo tsukuru toki dare wo omoi-ukabeta to omoi masu? Ueda san to, sore kara Ôta-kun desu. Mada kono hoka ni mo Ôta ni taisuru Shisô-jô no Zekkô-jô wo Imi suru Uta wo mitsu yotsu tsukuri mashita yo."

"Tsumari, mô Ôta-kun wo suteta'-n desu ka?"

"Teki de wa naku nattandesu. Dakara Ore wa kô Gakkari shite shimattan-desu. Teki! Teki! Authority no nai Jidai ni wa tsuyoi Teki ga nakuchâ Dame desu yo. Soko e yuku to Doppo nanka wa erai, jitsu ni erai."

Konna Hanashi mo, shikashi Yo no Shinzô ni sukoshi no Kodô wo mo okosanakatta.

25TH SUNDAY

Yo no Genzai no Kyômi wa tada hitotsu aru: sore wa Sha ni itte 2 jikan mo 3 jikan mo Iki mo tsukazu ni Kôsei suru koto da. Te ga aku to Atama ga nan to naku Kûkyo wo kanzuru: Jikan ga nagaku nomi omoeru. Hajime Yo no Kokoro wo odori–tatashita Rintenki no Hibiki mo, ima de wa narete shimatte tsuyoku wa Mimi ni hibikanai. Kesa kono koto wo kangaete kanashiku natta.

Yo wa subete no mono ni Kyômi wo ushinatte iki-tsutsu aru no de wa aru mai ka? Subete ni Kyômi wo ushinau to yû koto wa, sunawachi Subete kara ushi-nawareru to yû koto da.

"I have had lost from everything!" Kô yû Jiki ga moshi Yo ni kitara!

"Kake–ashi wo shite Iki ga kireta no da. Ore wa ima Nami–ashi de aruite iru." to Yo wa Sakuban Tomo ni katatta.

Kyô wa Hôhei–kôshô no Dai–entotsu ga Kemuri wo haite inai.

Sha ni itte Gekkyû wo uketotta. Genkin shichi–yen to 18 yen no Zenshaku–shô. Sengetsu wa 25 yen no Kao wo mita dake de Satô san ni kaeshite shimai, kekkyoku 1 mon mo motte kaeru koto ga dekinakatta ga……

Nichi–yô da kara Dai–ippan dake de Yo wa kaetta.

Soshite 4 ji goro Surugadai no Yosano-si wo tazuneta. Shujin wa Haiyû-yôseijo no Shibai wo mi ni itte Rusu datta ga, Nikai de Aki-ko san to hanashite iru to Yoshii kun ga kita. Hirayama Yoshi-ko no hanashi ga deta.

Aki-ko san wa, Kondo no Tanka-gô ni dasu Yosano-si no Uta wa Butsugi wo kamoshi sô da to yû. Dô shite desu to yû to,

"Konaida futari de Kenkwa shitan-desu yo. Uchi ga, Anata, Nanase bakkari kaaigatte Yatsuo wo, dô shite nandesu ka, taisô ijimeru-nde gozai-masu yo. Anmari ijimeru mondesu kara masu-masu Shinkei ga yowatte naku mondesu kara ne, konaida 1 shûkan dake shikaranai Yakusoku shite morattandesu ga, sore wo nê, mata pisha-pisha Kao wo butsu mondesu kara, Watashi sonna ni Kodomo wo ijimerareru nara Uchi e kaeri-masu to yû to okorimashite nê. Sore wo kondo no Uta ni tsukutta-nde gozai-masu-no. 'Tsuma ni suterareta' to ka nan to ka iron na-no ga ari-masu yo."

"Ha, ha, ha! Sô desu ka."

"Sore kara, anô, Yamakawa-san ga o-nakunari ni nari-mashita yo."

"Yamakawa-san ga……!"

"Eh,…… Kongetsu no 15 nichi ni……"

Hakukô naru Jo-shijin Yamakawa Tomi-ko Joshi wa tsui ni shinda no ka?!

…………!

Yosano-shi ga kaette kite Ma mo naku Yo wa jishita. Nani yara no Hanashi no tsuzuki de "Ha, ha, ha," to warai nagara Soto ni deta Yo wa, ni-san-po aruite "tche' " to Shitauchi shita. "Yoshi! Karera to Boku to wa chigatteru no da. Fun! mite iyagare, Bakayarô-me!"

Densha no 20 kwai-ken wo katta.

Atama ga sukoshi itai. Kindaichi-kun wo sasotte Sanpo ni dekaketa. Hongô 3 chôme de,

"Doko e iki-masu?"

"Sô!"

Sakamoto-yuki no Norikae-kippu wo kirasete Yoshiwara e itta. Kindaichi kun ni wa ni-dome ka san-dome da ga, Yo wa umarete hajimete kono Fuyajô ni Ashi wo ireta. Shikashi omotta yori hiroku mo naku, tamageru hodo no koto mo nakatta. Kuruwa no naka wo hito-meguri mawatta. Sasuga ni utsukushii ni wa utsukushii.

Kadoebi no Ô-dokei ga 10 ji wo utte Ma mo naku Yo-ra wa sono Hana no yô na Kuruwa wo dete, Kuruma de Asakusa made kita. Tôkaen wo arukô ka to iidashita ga, futari tomo Kyômi ga nakunatte ita no de, soshite, Baka ni Kûfuku wo kanjite ita no de, to-aru Gyûniku-ya ni agatte Meshi wo kutta. Sô shite 12 ji sukoshi sugi ni kaette kita.

"Yoru Me wo samasu to, Amadare no Oto ga nanda ka Rinshitsu no Sazame-goto no yô de, utsukushii Hito ga Makura-moto ni iru yô na……Hyôbyô taru

Kokochi ni naru koto ga aru." to yû yô na koto wo Kindaichi kun ga ii-dashita.

"Hyôbyô taru Kokochi!" to Yo wa itta. "Watashi wa sonna Kokochi wo wasurete kara nan-nen ni naru ka wakaranai!"

Tomo wa mata, "Watashi mo itsu ka zehi, asoko e itte mitai." to yû yô na koto wo itta.

"Ôi ni ii" to Yo wa itta. "Itta hô ga ii desu yo. Soshite Kekkon shitara dô desu?"

"Aite sae areba itsu demo. Da ga Kekkon shitara anna tokoro e ikanakutemo ii ka mo shire masen ne!"

"Sô ja nai. Boku wa Yappari itta hô ga ii to omô."

"Sô desu nê!"

"Nan desu nê, Asakusa wa, iwaba, Tan ni Nikuyoku no Manzoku wo uru tokoro da kara, Aite ga tsumari wa donna Yatsu de mo kamawanai ga, Yoshiwara nara Boku wa yahari utsukushii Onna to netai. Asoko ni wa Rekishiteki Rensô ga aru, ittai ga Bijutsu-teki da……Kwabi wo tsukushita Heya no naka de, moetatsu yô na Momi-ura no, neru to Karada ga shizumu yô na Futon ni nete, Rantô Kage komayaka naru tokoro, Hyôbyô taru Kimochi kara fu' to Me wo aku to, Makura-moto ni utsukushii Onna ga Gyôgi yoku suwatte iru……ii ja ari-masenka?"

"Ah, tamaranaku naru!"

"Yoshiwara e ittara Bijin de nakyâ ikemasen yo. Asakusa nara mata nan demo kan demo Nikutai no Hatsuiku no ii, Organ no Kwanzen na Yatsu de nakuchâ ikenai……"

Futari wa 1 jikan chikaku mo sono 'Hyôbyô taru Kimochi' ya, Morioka no aru Jogakusei de Yoshiwara ni iru to yû Kuji nanigashi no koto wo katatte neta.

26TH MONDAY

Me wo samasu to Hibachi no Hi ga kiete ita. Atama no naka ga jime–jime shimette iru yô na Kokoro–mo-chi datta.

Nan to ka shite akarui Kibun ni naritai to yû yô na koto wo kangaete iru tokoro e Namiki kun no Hagaki ga tsuita.

Sore wo miru to Yo no Atama wa sukkari kuraku, tsumetaku, shimeri–kaette shimatta. Karite Shichi ni irete aru Tokei wo Kongetsu–chû ni kaeshite kure–mai ka to yû Hagaki da.

Ah! Kesa hodo Yo no Kokoro ni Shi to yû Mondai ga chokusetsu ni sematta koto ga nakatta. Kyô Sha ni ikô ka ikumai ka……iya, iya, sore yori mo mazu shinô ka shinumai ka?……Sô da, kono Heya de wa ikenai. Ikô, doko ka e ikô……

Yu ni ikô to yû Kangae ga okotta. Sore wa Jibun nagara kono Fuyukwai na Kibun ni taerarenakatta no da: sen–jitsu itta–toki no ii Kimochi ga omoi–dasareta no da. To ni Kaku Yu ni ikô. Soshite kara kangaeru koto ni shiyô. Soshite Yo wa Daimachi no Yuya ni itta. Sono toki made wa mattaku shinu tsumori de ita no da.

　Yu no naka wa Kimochi ga ii. Yo wa dekiru dake nagaku soko ni iyô to omotta. Koko sae dereba osoroshii Mondai ga machi-kamaete ite, Sugu ni mo shinu ka nani ka seneba naranu yô de, atatakai Yu ni tsukatte iru aida dake ga Jibun no Karada na yô na Ki ga shita. Yo wa nagaku iyô to shita. Shikashi angwai ni hayaku Karada mo arawasatte shimô. Dô shiyô! agarô ka? sore tomo mosukoshi haitte iyô ka? agattara ittai doko ni ikô?

　Garasu-do goshi ni Bandai no Onna ga mieru. Sore wa Kyonen kono Yu ni yoku itta koro ita Musume, kono aida itta toki wa dô shita no ka mienakatta. Hana no hikui, shikashi nagara Kesshoku no ii, Otoko-zuki rashii Marugao no Onna de atta ga, kono ichi-nen tarazu no aida ni Hito ga kawatta ka to mieru kurai futotte iru. Musume zakari no Hi no yô na Appaku ni Karada ga uzuite iru yô ni mieru……. Kono Onna no Nikutai no Henkwa wa Yo wo shite iro-iro no Kûsô wo okosashimeta.

　De-yô ka de-mai ka to kangaete iru to——shinô ka shinu mai ka to yû Mondai ga, deyô ka demai ka no Mondai ni utsutte, koko ni Yo no Shinriteki-jôtai ga henkwa-shita. Mizu wo kabutte agatta toki, Yo no Kokoro wa yohodo karokatta. Soshite Tairyô wo hakaru to 12 kwan 200 me atta. Senjitsu yori 400 me fuete iru.

　Tabako ni Hi wo tsukete Yuya wo deru to, Yuagari no Hada ni Kûki ga kokochi-yoku sawaru. Kaku no da! to yû Ki ga okotta. Soshite Matsuya e itte Genkô-shi wo katta.

Heya e kaette Ma mo naku Miyazaki kun no Tegami ga tsuita.

Yo wa……! Miyazaki kun wa, 6 gwatsu ni nattara Yo no Kazoku wo Tôkyô ni yokoshite kureru to yû. Ryohi mo nani mo shinpai shinakute mo ii to yû.……

Kyô, Yo wa mattaku Jibun no Kibun wo akaruku shiyô-shiyô to yû koto bakari ni tsutomete Hi wo okutta yô na mono da. Atama ga sukoshi itakutte ya-ya mo suruto Sekai ga kuraku naru yô na Ki ga shita.

Sha kara kaette kite Meshi wo kutte iru to Kindaichi kun ga kita. Yahari Benkyô shitaku nai Ban da to yû.

"Konya dake asobô!"

Soshite futari wa 8 ji goro Uchi wo dete, doko e ıkô to mo iwazu ni Asakusa e itta. Denkikwan no Kwatsudo-shashin wo mita ga Kyô ga nai no de Ma mo naku dete, soshite 'Tôkaen' wo aruita. Naze ka utsukushii Onna ga takusan Me ni tsuita. To-aru tokoro e hippari-komareta ga, soko kara wa sugu ni nigeta: soshite mata Betsu no tokoro e hairu to, 'Gesture' ni tonda Onna ga shikiri ni nani ka ogotte kure to yû. 'Yasuke' wo kutta.

'Shinmatsu-midori!' Sore wa itsu ka Kitahara to haitte Sake wo nonda tokoro da. Futari wa 10 ji han goro ni soko e haitta. Tama-ko to yû Onna wa Yo no Kao ni Mioboe ga aru to itta. Utsukushikute, soshite Hin no aru (Kotoba mo) Onna da. Sono Onna ga shikiri ni sono Kyôgû ni tsuite no Fuhei to Okami no Hidoi koto to, Jibun no Mi no ue to wo katatta. Yo wa Kabe ni kakete aru Samisen no Ito wo Tsume de hajiki, hate wa sore wo tori oroshite odoketa Mane wo shita. Naze sonna Mane wo shita ka? Yo wa ukarete ita no ka?

Ina! Yo wa nan to yû koto mo naku waga Mi no okidokoro ga Sekai-jû ni nakunatta yô na Kimochi ni osowarete ita. "Atama ga itai kara Konya dake asobô!" Sore wa Uso ni chigai nai. Sonnara nani wo Yo wa motomete ita rô? Onna no Niku ka? Sake ka? Osoraku sô dewa nai! Sonnara nani ka? Jibun ni mo wakaranu!

Jiishiki wa Yo no Kokoro wo fukai fukai tokoro e tsurete iku. Yo wa sono osoroshii Fukami e shizunde ikitaku nakatta. Uchi e wa kaeri taku nai: nani ka iya na Koto ga Yo wo matteru yô da. Soshite Hongô ga Baka ni tôi tokoro no yô de, kaette iku no ga Okkû da. Sonnara dô suru? Dô mo shiyô ga nai. Mi no Okidokoro no nai to yû Kanji wa, Yo wo shite Itazura ni Baka na Mane wo seshimeta.

"Watashi, Raigetsu no 5 ka ni koko wo demasu wa." to Tama-ko ga kanashi sô na Kao wo shite itta.

"Deru sa! Deyô to omottara sugu deru ni kagiru."

"Demo Shakkin ga arimasu mono."

"Ikura?"

"Hairu toki 40 yen de shita ga, sore ga Anta, dan-dan tsumotte 100 yen ni mo natterunde gozai–masu wa. Kimono datte ichi–mai mo koshirae wa shinain desu keredo……."

Yo wa mô taerarenaku naru yô na Ki ga shita. Naku ka, Jôdan wo yû ka, hoka ni Shikata ga nai yô na Kimochi da. Shikashi Yo wa sono toki Jôdan mo ienakatta: muron nakenakatta.

Chôba de wa Tama–chan no Warukuchi wo itteru Okami no koe. Soto ni wa gebita Naniwa-bushi to, Hyôkin na Hiyakashi–kyaku no koe to, Kûkyo na tokoro kara deru yô na Onna–geinin no Uta no Fushi!

"Ukiyo–kôji! ne!" to Yo wa Kindaichi kun ni itta.

Sake wo meijita. Soshite Yo wa 3 bai gui–gui to tsuzuke–zama ni nonda. Ei wa tachimachi hasshita. Yo no Kokoro wa kurai Fuchi e ochite yuku–mai to shite yameru Tori no Habataki suru yô ni mogaite ita.

Iya na Okami ga kita. Yo wa 2 yen dashita. Soshite Rinshitsu ni itte Oen to yû Onna to 5 fun–kan bakari neta. Tama–chan ga Mukai ni kite sen no Heya ni itta toki wa, Kindaichi kun wa Yoko ni natte ita. Yo wa Mono wo iitaku nai yô na Kimochi datta……. Tôtô Fuchi e ochita to yû yô na……!

Deta. Densha wa Kurumazaka made shika nakatta. Futari wa Ikenohata kara aruite kaetta. Yo wa Tomo ni yori-kakari nagara ii-gataki Kanashimi no Michi wo aruku yô na Kimochi: Yotte mo ita.

"Sake wo nonde naku Hito ga aru, Boku wa Konya sono Kimochi ga wakatta yô na Kimochi ga suru."

"Ah!"

"Uchi e ittara Boku wo daite nete kure masen ka?"

Futari wa Ikwa-Daigaku no yoko no Kurayami wo 'Aoi Kao' no Hanashi wo shinagara aruita.

Kaette kite Mon wo tataku toki, Yo wa Jibun no Mune wo tataite iya na Oto wo kikuyô na Ki ga shita.

27TH TUESDAY

Ha' to odoroite Me wo samasu to Makura-moto ni O-kiyo ga tatte ita. Naki tai kurai nemui no wo Gaman shite hane-okita.

Kumotta Hi.

Sakuya no koto ga tsumabiraka ni omoidasareta. Yo ga O-en to yû Onna to neta no mo Jijitsu da: sono toki nan no Yukwai wo mo kanjinak-atta no mo Jijitsu da. Futatabi Yo ga ano Heya ni haitte itta toki, Tama-chan no Hô ni kasuka ni Kurenai wo chô-shite ita no mo Jijitsu da. Soshite Kindaichi kun ga Kaeri no Michisugara, tsui ni ano Onna to nezu, tada umarete hajimete Onna to Kiss shita dake da to itta no mo Jijitsu da. Sono Michisugara, Yo wa Hijô ni yotta yô na Furi wo shite, osoi-kuru osoroshii Kanashimi kara nigete ita no mo Jijitsu nareba, sono Kokoro no Soko no narubeku Te wo furezu ni sô' to shite okitakatta Kanashimi ga, 3 yen no Kane wo munashiku tsukatta to yû koto de atta no mo Jijitsu da.

Soshite Kesa yo wa, Kongo kesshite Onna no tame ni Kane to Jikan to wo tsuiyasu-mai to omotta. Tsumari Kamen da.

Sha ni itte mo 4 ji goro made Yo wa nani to naku Fuan wo kanjite ita. Sore wa Raigetsu-bun no 25 yen wo Zenshaku shiyô-shiyô to omotte, Shita made iki nagara iidashi-kanete ita kara da. 4 ji ni wa Sha no Kinko ga shimaru. Kan, kan······to Atama no ue no Tokei ga 4 ji wo utta toki, Yo wa ho' to Iki wo tsuite Anshin shita.

Genkô-shi wo nobete Kokoro wo shizumete iru to Mado-garasu ni chirari to akai Kage ga utsutta, to dôji ni Hanshô no Oto. 8 ji goro de atta. Mado kara Mamukai no Koishikawa ni Kwaji ga okotta no da. Hi wa Ikioi yoku moe, doko to naku Machi no Soko ga sawagashiku natta. Hi ! Yo wa chikagoro ni nai kokoroyoi mono wo miru yô ni Mado wo akehanashite nagameta.

9 ji-han goro Denwa-guchi e yobidasareta. Aite wa Kindaichi kun, Nakajima kun-ra to Nihonbashi

no Shôkwatei to yû Ryôriya ni kite iru ga, konai ka to yû. Sassoku dekaketa.

40 pun mo Densha ni yurarete mezasu Uchi ni yuku to, Otoko yo-nin ni wakai Geisha hitori, Hana no Uchiyama kun ga Gara ni nai Koe wo dashite Shinnai ka nani ka wo utatte ita.

Ichi-jikan bakari tatte soko wo de, Kindaichi kun to furari Densha ni notte kaette kita.

28TH WEDNESDAY

Gake-shita no Ie de wa Nobori wo tateta. Wakaba no Kaze ga Kazaguruma wo mawashi, Koi to Fukinagashi wo Ha-zakura no ue ni oyogasete iru.

Hayaku okite, Azabu Kasumichô ni Satô-shi wo tazune, Raigetsu-bun no Gekkyû Zenshaku no koto wo tanonda. Kongetsu wa dame da kara Raigetsu no hajime made matte kure to no koto de atta. Densha no Ôhuku, doko mo kashiko mo Wakaba no iro ga Me wo iru. Natsu da!

Sha ni itte nan no kawatta koto nashi. Sakuya Saigo no ichi-yen wo Fui no Enkwai ni tsukatte shimatte, Kyô wa mata Saifu no naka ni hishageta 5 rin Dôkwa ga ichi-mai. Asu no Densha-chin mo nai.

29TH THURSDAY

Yasumu koto ni shita. Soshite Shôsetsu "底" wo

kaki hajimeta.

12 ji sugite mo dekake nai no de Kindaichi kun ga kita:

"Anata, Densha–chin ga nakutte o–dekake ni naranai no ja arimasen ka?"

"Iie, Sore mo sô desu ga……yurushite kudasai. Kyô wa Baka ni Kyô ga waite kitan desu."

"Sô desu ka! Son nara Sekkaku."

Kô itte Tomo wa dete itta.

Gogo 2 jikan bakari Satô Isen ni Jama sareta hoka, Yo wa Yasumi naku Pen wo ugokashita.

Soshite yoru wa Kindaichi kun no Heya de okutta.

30TH FRIDAY

Kyô wa Sha ni itte mo Tabako–dai ga haraenu. Zenshaku wa Asu ni naranakute wa Dame da. Uchi ni iru to Misoka da kara Shita kara no Danpan ga kowai. Dô shiyô ka to mayotta sue, yahari yasumu koto ni shita.

"底" wo Dai 3 kwai made kaita.

Kono goro Sumi–chan to yû, Se no hikui Onna no Ko ga kita. Toshi wa 17 da to yû ga, Karada wa 14 gurai ni shika mienu. Kono Onna ga Sakuya chotto Uchi e itte Haha–oya ni shikarare, Ani ni nan to ka iwarete tobi–dashi, Shinu tsumori de Shinagawa no Kaigan made itta ga, tô–tô shinazu ni hitori kaette kita to yû. Koko made kita toki wa 3 ji han goro datta to yû.

Osoroshii Ishi no tsuyoi, komashakureta, sono kuse kaaii Onna da. "O-kiyo san wa kaaii Ko ne." to Jibun yori Toshi-ue no Jochû no koto wo yû. "Sore nan dakke——O-tsune san ka! ano Hito no Kao wa konna Fû da wa ne." to Hyottoko no Mane wo shite miseru.

Yoru ni naru to hatashite Saisoku ga kita. Asu no Ban made mataseru koto ni suru.

9 ji goro Kindaichi kun ga 2 yen 50 sen kashite kureta. Sono toki kara Kyô ga satta. Nete, Makura no ue de, Futabatei yaku no Turgenef no "Rudin" wo yomu.

Fukai Kangai wo idaite nemutta.

MAY

TOKYO

1TH(*sic*) SATURDAY

Kinô wa ichi-nichi Nuka no yô na Ame ga futte ita ga, Kyô wa Kirei ni harete, Hisashi-buri ni Fuji wo nagameta. Kita no Kaze de sukoshi samui.

Gozen wa "Rudin. 浮草." wo yonde kurashita. Ah! Rudin! Rudin no Seikaku ni tsuite kangaeru koto wa, sunahachi Yo-jishin ga kono Yo ni nani mo okoshi enu Otoko de aru to yû koto wo Shômei suru koto de aru……

Sha ni iku to Satô-shi wa Yasumi: Katô Kôseichô wa nan de ka mukunda yô na Kao wo shite ita. Waza to Kinô yasun da Iiwake wo iwazu ni Yo mo damatte ite yatta.

Zenshaku wa Shubi yoku itte 25 yen karita. Kongetsu wa kore de mô toru tokoro ga nai. Sengetsu no Tabako-dai 160 sen wo haratta.

6 ji han ni Sha wo deta. Gozen ni Namiki kun ga kite Rei no Tokei no Hanashi ga atta node, sono 25 yen no Kane wo dô Shobun sureba ii ka——Tokei wo ukeru to Yado ni yaru no ga taranaku nari, Yado ni

20 yen yareba Tokei wa dame da——kono Samatsu na Mondai ga Atama ippai ni hadakatte yôi ni Ketsumatsu ga tsukanai. Jissai kono Samatsu na Mondai wa shinô ka shinumai ka to yû koto wo kessuru yori mo Yo no Atama ni Konnan wo kanjisaseta. To ni Kaku kore wo kimenakereba Uchi e kaerenai.

Owarichô kara Densha ni notta. Sore wa Asakusa-yuki de atta.

"O-norikae wa?"

"Nashi."

Kô kotaete, Yo wa "mata iku no ka?" to Jibun ni itta.

Kaminari-mon de orite, soko no Gyû-ya e agatte Yû-meshi wo kutta. Sore kara Kwatsudô-shashin e haitta ga, chi' to mo omoshiroku nai. "Subaru Tanka-gô" wo Zasshi-ya de katta.

"Iku na! iku na!" to omoi nagara Ashi wa Senzoku-machi e mukatta. Hitachi-ya no mae wo so' to sugite, Kinkwatei to yû atarashii Kado no Uchi no mae e yuku to Shiroi Te ga Kôshi no aida kara dete Yo no Sode wo toraeta. Fura-fura to shite haitta.

Ah, sono Onna wa! Na wa Hana-ko, Toshi wa 17. Hitome mite Yo wa sugu sô omotta:

"Ah! Koyakko da! Koyakko wo futatsu mitsu wakakushita Kao da!"

Hodo naku shite Yo wa, O-kwashi-uri no usu-gitanai Bâsan to tomo ni, soko wo deta. Soshite hôbô hippari-mawasarete no ageku, Senzoku Shôgakkô no

Urate no takai Rengwa-bei no shita e deta. Hosoi Kôji no Ryôgawa wa To wo shimeta Ura-nagaya de, Hito-dôri wa wasurete shimatta yô ni nai: Tsuki ga tette iru.

"Ukiyo-kôji no Oku e kita!" to Yo wa omotta.

"Koko ni mattete kudasai. Watashi wa ima To wo akete kuru kara." to Bâsan ga itta. Nan da ka kyoro-kyoro shite iru. Junsa wo osorete iru no da.

Shinda yô na Hito-mune no Nagaya no, tottsuki no Uchi no To wo shizuka ni akete, Bâsan wa sukoshi modotte kite Yo wo Tsuki-kage ni Ko-temanegi shita.

Bâsan wa Yo wo sono Kimi warui Uchi no naka e ireru to, "Watashi wa sokoira de Hari-ban shite imasu kara." to itte dete itta.

Hana-ko wa Yo yori mo Saki ni kite ite, Yo ga agaru ya ina ya, ikinari Yo ni daki-tsuita.

Semai, kitanai Uchi da. Yoku mo minakatta ga, Kabe wa kuroku, Tatami wa kusarete, Yane-ura ga mieta. Sono misuborashii arisama wo, Nagahibachi no Neko-ita no ue ni notte iru Mame-ranpu ga obotsukanage ni terashite ita. Furui Tokei ga monouge ni natte iru.

Susubita Hedate no Shôji no kage no, 2 jô bakari no semai Heya ni hairu to, Toko ga shiite atta—— Sukoshi waratte mo Shôji ga kata-kata natte ugoku.

Kasuka na Akari ni ji' to Onna no Kao wo miru to, marui, shiroi, Koyakko sono mama no Kao ga usu-kurai naka ni pô' to ukande mieru. Yo wa Me mo hosoku naru hodo uttori to shita Kokochi ni natte shimatta.

"Koyakko ni nita, jitsu ni nita!" to, ikutabi ka onaji Koto bakari Yo no Kokoro wa sasayaita.

"Ah! konna ni Kami ga kowareta. Iya yo, sonna ni Watashi no Kao bakari michâ!" to Onna wa itta.

Wakai Onna no Hada wa torokeru bakari atatakai. Rinshitsu no Tokei wa kata'-kata' to natte iru.

"Mô tsukarete?"

Bâsan ga shizuka ni Uchi ni haitta Oto ga shite, sore nari Oto ga shinai.

"Bâsan wa dô shita?"

"Daidokoro ni kaganderu wa: kitto."

"Kaai sô da ne."

"Kamawanai wa."

"Datte, kaai sô da!"

"Soryâ kaai sô ni wa kaai sô yo. Honto no Hitori-mono nan desu mono."

"Omae mo Toshi wo toru to aa naru."

"Iya, Watashi!"

Soshite shibaraku tatsu to, Onna wa mata, "Iya yo, sonna ni Atashi no Kao bakari michâ."

"Yoku niteru."

"Donata ni?"

"Ore no Imôto ni."

"Ma, ureshii!" to itte Hana-ko wa Yo no Mune ni Kao wo uzumeta.

Fushigi na Ban de atta. Yo wa ima made iku-tabi ka Onna to neta. Shikashi nagara Yo no Kokoro wa itsu mo nani mono ka ni ottaterarete iru yô de, ira-ira shite ita, Jibun de Jibun wo azawaratte ita. Konya no yô ni Me mo hosoku naru yô na uttori to shita, Hyôbyô to shita Kimochi no shita koto wa nai. Yo wa nani goto wo mo kangaenakatta: tada uttori to shite, Onna no Hada no Atatakasa ni Jibun no Karada made attamatte kuru yô ni oboeta. Soshite mata, chikagoro wa itazura ni Fuyukwai no Kan wo nokosu ni suginu Kôsetsu ga, kono Ban wa 2 do tomo kokoro-yoku nomi sugita. Soshite Yo wa ato made mo nan no Iya na Kimochi wo nokosanakatta.

1 jikan tatta. Yume no 1 jikan ga tatta. Yo mo Onna mo okite Tabako wo sutta.

"Ne, koko kara dete Hidari e magatte futatsu-me no Yokochô no tokoro de matterasshai!" to Onna wa sasayaita.

Shin to shita Ukiyo-kôji no Oku, Tsukikage Mizu no gotoki Suidô no Waki ni tatte iru to, yagate Onna ga Kôji no usugurai Kata-gawa wo Geta no Oto karoku kakete kita. Futari wa narande aruita. Toki-doki Soba e yotte kite wa, "Honto ni mata irasshai, ne!"

Yado ni kaetta no wa 12 ji de atta. Fusigi ni Yo wa nan no Kôkwai no Nen wo mo okosanakatta. 'Hyôbyô taru Kimochi' ga shite ita.

Hi mo naku, Toko mo shiite nai. Sono mama nete shimatta.

2TH(*sic*) SUNDAY

O–take ga kite okoshita. "Ano ne, Ishikawa san, Danna ga ima o–dekake ni naru tokoro de, dô deshô ka, kiite koitte!"

"A–a, sô da. Yûbe wa ammari osokatta kara sono mama neta." to ii nagara, Yo wa nemui Me wo kosuri nagara Saifu wo dashite 20 yen dake yatta. "Ato wa mata 10 ka goro made ni."

"Sô desu ka!" to O–take wa hiyayaka na, shikashi kashiko sô na Me wo shite itta. "Sonnara Anata sono koto wo Go–jibun de Chôba ni osshatte kudasai masen ka? Watashi domo wa tada mô shikararete bakari imasu kara."

Yo wa sono mama Negaeri wo utte shimatta. "A–a, Yûbe wa omoshirokatta!"

9 ji goro de atta: chiisai Jochû ga kite, "Iwamoto san to yû kata ga oide ni narimashita." to yû. Iwamoto! Hate na?

Okite Toko wo agete, yobiireru to hatashite sore wa Shibutami no Yakuba no Joyaku no Musuko—— Minoru kun de atta. Yado wo onashiku shita to yû Tokushima–ken umare no ichi–Seinen wo tsurete kita.

Minoru kun wa Yokohama ni iru Oba san wo

tayotte kita no da ga, 2 shû-kan oite moratta nochi,
Kuni made no Ryohi wo kurete dasareta no da to
yû. Sore de, Kuni e wa kaeritaku naku, zehi Tôkyô
de nani ka Shoku ni tsuku tsumori de 3 ka mae ni
Kanda no to aru Yadoya ni tsuita ga, Kyô made Yo
no Jûsho ga shirenu no de Kushin shita to yû.
Mo-hitori no Shimizu to yû hô wa, kore mo yahari
Uchi to kenkwa-shite tobi-dashite kita to no koto.

Natsu no Mushi wa Hi ni mayotte tobi-konde
shinu. Kono Hito tachi mo Tokwai to yû mono ni
Genwaku sarete nani mo shirazu ni tobi-konde kita
Hito tachi da: yagate yake-shinu ka, nige-dasu ka,
futatsu ni hitostu wa manukaremai. Yo wa iyô naru
Kanashimi wo oboeta.

Yo wa sono Mubô ni tsuite nan no Chûkoku mo
sezu, 'aseru na, Nonki ni nare' to yû koto wo kurikae-
shite itta. Kono Hito tachi no Zento ni wa kitto
Jisatsu shitaku naru Jiki ga kuru to omotta kara da.
Minoru kun wa 2,30 sen, Shimizu wa 1 yen 80 sen
shika motte inakatta.

Shimizu kun to Yo to wa nan no Kwankei mo nai.
Futari isshio ni de wa kongo Minoru kun wo sukû
toki komaru kamo shirenu. Shikashi Yo wa sono
Shôjiki rashii Kao no Kokoro-bosoge na Hyôjô wo
mite wa kono mama wakare saseru ni wa shinobina-
katta.

"Yado-ya no hô wa dô shite arun desu? Itsu demo
derare masuka?"

"Derare masu. Yûbe haratte shimattan desu.……
Kyô wa zehi dô ka suru tsumori dattan desu."

"Sore jâ to-ni-kaku dokka Geshuku wo sagasana-kute wa naran."

10 ji han goro Yo wa futari wo tsurete dekaketa. Soshite hôbô sagashita ue de, 弓町二ノ八 豊嶋館 to yû Geshuku wo mitsuke, 6 jô hitoma ni futari, 8 yen 50 sen zutsu no Yakusoku wo kime, Tetsuke to shite Yo wa ichi-en dake O-kami ni watashita.

Sore kara Rei no Tenpura-ya e itte 3 nin de Meshi wo kui, Yo wa Sha wo yasumu koto ni shite, Shimizu wo Yado e Nimotsu wo tori ni yari, Yo wa Minoru kun wo tsurete Shimbashi no Station made, soko ni azukete aru to yû Nimotsu wo uketori ni itta. Futari ga hiki-kaeshite kita toki wa Shimizu wa mô kite ita. Yo wa 3 ji goro made soko de iro-iro Hanashi wo shite kaette kita. Yo no Saifu wa Kara ni natta.

Kyô Yo ga Minoru kun kara kikasareta Shibutami no Hanashi wa Yo ni totte wa tae-gataki made iro-iro no Kioku wo yobi-okosaseru mono de atta. Shôgakkô de wa Wakui Kôchô to Kanaya no Nobu-ko san to no aida ni Myô na Kwankei ga deki, Shokuin-shitsu de Yakimochi-kenkwa wo shita koto mo aru to yû. Soshite Kyonen yamete shimatta Nobu-ko san wa, dô yara Hara ga ôkiku natte ite, chikagoro wa sukoshi Ki ga Hen da to yû Uwasa mo aru to ka! Numada Seimin shi wa Kataku-shinnyûzai de Shokei wo uke, 3 ka nen no Kei no Shi'kô Yûyo wo eteru to yû. Sono hoka no Hito tachi no Uwasa, hitotsu to shite Yo no Kokoro wo tokimekasenu mono wa nakatta——Waga 'Hotaru no Onna.' Iso-ko mo ima wa Isha no Otôto no Tsuma ni natte Hirosaki ni iru to yû!

Yo no Shôsetsu 鳥影 wa mata angwai Kokyô no Hito ni shirarete iru to no koto da.

Yoru, Yo wa Iwamoto no Chichi ni Tegami wo kakô to shita. Naze ka kakenakatta. Sapporo no Chie-ko san ni kakô to shita ga sore mo kakezu, Mado wo hiraku to yawaraka na Yo-kaze ga nesshita Hô wo nadete, Kâb ni kishiru Densha no Hibiki no Soko kara Furusato no koto ga Me ni ukanda.

3TH(sic)   MONDAY

Sha ni wa Byôki-todoke wo yatte, ichi-nichi nete kurashita. O-take no Yatsu Baka ni Gyakutai suru. Kyô wa ichi-nichi Hi mo motte konai. Sumi-chan ga choi-choi kite wa Tsumi no nai koto wo shabette iku. Sore wo Raku-chan no Yatsu-me, usankusa-sô na Me wo shite mite iku.

Iya na Hi! Zetsubô shita hito no Yô ni, tsukare-kitta Hito no yô ni, omoi Atama wo Makura ni nosete ……Kyaku wa mina kotowaraseta.

4TH TUESDAY

Kyô mo yasumu. Kyô wa ichi–nichi Pen wo nigitte ita. "鎖門一日" wo kaite yame, "追想" wo kaite yame, "Omoshiroi Otoko?" wo kaite yame, "少年時の追想" wo kaite yameta. Sore dake Yo no Atama ga Dôyô shite ita. Tsui ni Yo wa Pen wo nage–dashita. Soshite hayaku neta. Nemurenakatta no wa Muron de aru.

Yûgata de atta, Namiki ga kitakke. Sore kara Iwamoto to Shimizu ga chô' to kite itta. Yappari Yo wa Nonki na koto bakari narabete yatta.

5TH WEDNESDAY

Kyô mo yasumu.

Kaite, kaite, tôtô matome kanete, "手を見つつ" to yû Sanbun wo hitotsu kaki–ageta no ga mô Yû–gata: Maebashi no Reisô–sha e okuru.

6TH THURSDAY

Kyô mo yasumu. Kinô Kyô sekkaku no Yasukuni–jinja no Saiten wo himosugara no Ame.

Asa, Iwamoto, Shimizu no Futari ni okosareta. Nani to naku shizunda Kao wo shite iru.

"Kono mama de wa dô mo naranai! Dô ka shinakereba naranu!" to Yo wa kangaeta. "Sô da! Ato isshûkan gurai Sha wo yasumu koto ni shite, ôi ni kakô. Sore ni wa koko de wa ikenai. Iwamoto no Yado no Akima ni itte, Asa'kkara Ban made kakô. Yoru ni kaette kite neyô."

Soshite Kane ga dekita-ra 3 nin de toriaezu Jisui shiyô to kangaeta. Kindaichi kun ni mo hanashite Dôi wo eta.

Genkôshi to Ink wo motte sassoku Yumichô e itta. Shikashi kono Hi wa nan ni mo kakazu, futari kara iro–iro no Hanashi wo kiita. Kikeba kiku hodo kaaiku natta. Futari wa hitotsu Futon ni ne, nibu–shin no Ramp(*sic*) wo tomoshite sono Yukusue wo katari–atte iru no da.

Shimizu Mohachi to yû no mo Shôjiki na, soshite naka–naka shikkari shita tokoro no aru Otoko da. 2 nen bakari Chôsen Keijô no Ani no Mise ni itte ita no wo, zehi Benkyô shiyô to omotte nigete kita no da to yû.

Yo wa Atama no Soko ni uzumaite iru iro–iro no Kangae–goto wo Muri ni osaetsukete oite, futari no Hanashi wo kiita. Shimizu wa Chôsen no Hanashi wo suru. Yo wa itsu–shika sore wo Nesshin ni natte kiite, "Ryohi ga ikura kakaru?" nado to tôte mite ita. Aware!

Yoru 8 ji goro kaette ki, chotto Kindaichi kun no Heya de hanashite kaette neta.

Kyô kakô to omoi–tatta no wa, Yo ga genzai ni oite tori–uru tada hitotsu no Michi da. Sô kangaeru to kanashiku natta. Kongetsu no Gekkyû wa Zenshaku

shite aru. Doko kara mo Kane no hairi-yô ga nai.
Soshite Rai-getsu wa Kazoku ga kuru······Yo wa ima
Soko ni iru——Soko! Koko de shinu ka koko kara
agatte iku ka. Futatsu ni hitotsu da. Soshite Yo wa
kono futari no Seinen wo sukuwaneba naranu!

7TH   FRIDAY

7 ji goro ni okoshite moratte, 9 ji ni wa Yumichô
e itta. Soshite Hon wo Furuhonya e azukete 80 sen
wo e, 5 bu-shin no Ramp(*sic*) to Shôgi to Tabako wo
katta. Kikyô-ya no Musume!

Hanashi bakari sakae, sore ni Tenki ga yoku nai
node, Fude wa susumanakatta. Sore demo "宿屋" wo
10 mai bakari, sore kara "一握の砂" to yû no wo
Betsu ni kaki-dashita. To ni kaku Kyô wa Muda ni
wa sugosanakatta. Yoru 9 ji goro kaetta. Kikyô-ya
no Musume!

Iwamoto no Chichi kara Tegami. Nanibun tanomu
to no koto. Sore kara Kushiro no Tsubo Jin-ko no
natsukashii Tegami, Hirayama Yoshi-ko no Hagaki,
Satô Isen no Hagaki nado ga kite ita.

8TH   SATURDAY——13TH   THURSDAY

Kono muika-kan Yo wa nani wo shita ka? Kono
koto wa tsui ni ikura asette mo Genzai wo buchi-
kowasu koto no dekinu wo Shômei shita ni suginu.

Yumi–chô ni itta no wa, zengo 3 ka de aru. Futari no Shônen wo aite ni shinagara kaite wa mita ga, omô yô ni Pen ga hakadoranu. 10 ka kara wa iku no wo yamete Uchi de kaita. "一握の砂" wa yamete shimatte "札幌" to yû no wo kaki–dashita ga 50 mai bakari de mada matomaranu.

Sha no hô wa Byôki no koto ni shite yasunde iru. Katô–shi kara deru yô ni itte kita no ni mo Hara ga warui to yû Tegami wo yatta. Soshite, Kinô, Yumi–chô e iku to Futari wa Geshuku–ryô no Saisoku ni yowatte iru no de, Iwamoto wo Tsukai ni yatte Katô–shi ni Satô–shi kara 5 yen karite morai, sore wo Geshuku e haratte yatta. Kitahara kara okurareta "Jashûmon" mo utte shimatta.

Shimizu ni wa iro–iro Kugen shite Yo kara sono Ani naru Hito ni Chokusetsu Tegami wo yari, Honnin ni wa nan de mo kamawazu Kuchi wo motomeru Kesshin wo saseta. Iwamoto no hô wa Hiraide no Rusu–taku e Shosei ni Shûsen–kata wo tanonde oita.

Kagiri naki Zetsubô no Yami ga toki–doki Yo no Me wo kuraku shita. Shinô to yû Kangae dake wa narubeku yosetsukenu yô ni shita. Aru ban, dô sureba ii no ka, kyû ni Me no mae ga Makkura ni natta. Sha ni deta tokoro de Shiyô ga naku, Sha wo yasunde ita tokoro de dô mo naranu. Yo wa Kindaichi kun kara karite kiteru Kamisori de Mune ni Kizu wo tsuke, sore wo Kôjitsu ni Sha wo 1 ka–getsu mo yasunde, soshite Jibun no issai wo yoku kangae yô to omotta.

Soshite Hidari no Chi no shita wo kirô to omotta ga, itakute kirenu: kasuka na Kizu ga futatsu ka mitsu tsuita. Kindaichi kun wa odoroite Kamisori wo tori age, Muri–yari ni Yo wo hippatte, Inbanesu wo Shichi ni ire, Rei no Tenpura–ya ni itta. Nonda. Waratta. Soshite 12 ji goro ni kaette kita ga, Atama wa omokatta. Akari wo keshi sae sureba Me no mae ni osoroshii mono ga iru yô na Ki ga shita.

Haha kara itamashii Kana no Tegami ga mata kita. Sengetsu okutte yatta 1 yen no Rei ga itte aru. Kyôko ni Natsu–bôshi wo kabusetai kara Tsugô ga yokattara Kane wo okutte kure to itte kita.

Kono mama Tôkyô wo nige–dasô to omotta koto mo atta. Inaka e itte yôsan de mo yari tai to omotta koto mo atta.

Tsuyu chikai Inki na Ame ga furi–tsuzuita. Ki no kusaru iku–nichi wo, Yo wa tsui ni 1 pen mo Dakkô shinakatta.

Yûjin ni wa tare ni mo awanakatta. Yo wa mô Karera ni Yô ga nai: Karera mo mata Yo no Tanka–gô no Uta wo yonde okotteru darô.

Shibutami no koto ga toki–doki kangaerareta.

Anna ni hidoku Kokoro wo ugokashita kuse ni, mada Imôto ni Hagaki mo yatte nai. Iwamoto no Chichi ni wa Hagaki dake. Uchi ni mo Yaranu. Soshite Tachibana Chie–ko san ni mo yaranu. Yarô to omotta ga nani mo kaku koto ga nakatta!

Kon'ya wa Kindaichi kun no Heya e itte Onna no

Hanashi ga deta. Atama ga chitte ite nani mo kakenu. Kaette kite Yano Ryûkei no "不必要" wo yonde neru koto ni shita. 時善と純善! sono Junzen naru mono mo Shikkyô nan da?

Yo wa ima Yo no Kokoro ni nan no Jishin naku, nan no Mokuteki mo naku, Asa kara Ban made Dôyô to Fuan ni ottaterarete iru koto wo shitte iru. Nan no kimatta tokoro ga nai. Kono saki dô naru no ka?

Atehamaranu, Muyô na Kagi! Sore da! Doko e motte itte mo yo no umaku atehamaru Ana ga mitsu-karanai!

Tabako ni ueta.

14TH FRIDAY

Ame.

Satô Isen ni okosareta. 5 nin no Kazoku wo motte Shoku wo sagashite iru.

Satô ga kaette Shimizu ga kita. Nihonbashi no aru Sakaya no Tokui-mawari ni Kuchi ga aru to yû.

Iwamoto wo yonde Rireki-sho wo kaite kuru yô ni itte yatta.

Iya na Tenki da ga, nani to naku Kokoro ga ochi-tsuite kita. Sha wo yasunde iru Kutsû mo narete shimatte sahodo de nai. Sono kawari Atama ga San-man ni natte nani mo kakanakatta. Nan da ka Iya ni Heiki ni natte shimatta.

Ni-do bakari Kuchi no naka kara obitadashiku Chi

ga deta. Jochû wa Nobose no sei darô to itta.

Yoru wa 'Jion–Kanazukai Benran' wo utsushita.

Shibutami mura wo kakô to omotta ga, dô shite mo Kyô ga wakanakatta kara sono mama nete shimatta.

15TH SATURDAY

9 ji ni Iwamoto ni okosareta. Iwamoto no Chichi kara 'yoroshiku tanomu' to yû Tegami ga kita.

Kyô no Shinbun wa Hasegawa Tatsunosuke shi (Futabatei Shimei) ga Kichô no To, Fune no naka de shinda to no Hô wo tsutae, kisotte sono Toku wo tatae, kono nani to naku erai Hito wo oshinde iru.

Kono goro wa daibu samukatta ga Kyô kara Yôki ga naotta. Ame mo hareta.

Nani mo sezu ni ichi–nichi wo sugoshita. Yurumi hateta Ki no Soko kara, tôkarazu osoroshii koto wo kekkô seneba naranu yô na Kanji ga chira–chira ukande kuru.

Yoru, futari no Shônen ga yatte kita. Shimizu wa Kyôbashi no Sakaya e Detchi ni sumi–komu koto ni kimatte, Asu no uchi ni yuku to yû.

Futari ga kaette, Ma mo naku, itsu ka kitakke Obara Toshimaro to yû Usagi mitaina Me wo shita Bunshi ga kite, Unzari shite shimatte Roku ni Henji mo shinai de iru to, nan no kan no to tsumaranu koto wo shaberi–chirashite 10 ji han goro ni kaette itta.

"Mono wa kangae-yô hitotsu desu." to sono Otoko ga itta: "Hito wa 50 nen nari 60 nen nari no Jumyô wo ich-nichi, ichi-nichi herashite iku yô ni omotte masu ga, Boku wa ichi-nichi ichi-nichi atarashii Hi wo tashite iku no ga Life da to omotte masu kara, chi' to mo kurushiku mo nan to mo omowan desu."

"Tsumari, Anata no yô na Hito ga Kôfuku nan desu. Anata no yô ni, sô gomakashite Anshin shite ikeru Hito ga……"

11 ji goro, Kindaichi kun no Heya ni itte Futabatei-shi no Shi ni tsuite katatta. Tomo wa Futabatei-shi ga Bungaku wo kirai——Bunshi to iwareru koto wo kirai datta to yû no ga kaisare nai to yû. Aware naru kono Tomo ni wa Jinsei no fukai Dôkei to Kutsû to wa wakaranai no da. Yo wa Kokoro ni taerarenu Sabishisa wo idaite kono Heya ni kaetta. Tsui ni, Hito wa sono Zentai wo shirareru koto wa katai. Yô-suru ni Hito to Hito to no Kôsai wa Uwabe bakari da.

Tagai ni shiri-tsukushite iru to omô Tomo no, tsui ni Waga Soko no Nayami to Kurushimi to wo shiri-enai no da to shitta toki no yarusenasa! Betsu-betsu da, hitori-bitori da! Sô omotte Yo wa ii-gataki Kanashimi wo oboeta. Yo wa Futabatei-shi no shinu toki no Kokoro wo Sôzô suru koto ga dekiru.

16TH SUNDAY

Osoku okita. Ame ga furikomete sekkaku no Nichi-yô ga dainashi.

Kindaichi kun no Heya e itte, tôtô, toki-fuseta. Tomo wo shite Futabatei wo Ryôkai seshimeta. Kyô mo Iwamoto ga kita.

Sha ni mo ikazu, nani mo shinai. Tabako ga nakatta. Tsukunen to shite mata Inaka-yuki no koto wo kangaeta. Kuni no Shimbun wo dashite mite iro-iro to Chihô-shimbun no Henshû no koto wo kangaeta.

Yûgata Kindaichi kun ni Genzai no Yo no Kokoro wo katatta. "Yo wa Tokwai Seikwatsu ni tekishi nai." to yû koto da. Yo wa majime ni Inaka-yuki no koto wo katatta.

Tomo wa naite kureta.

Inaka! Inaka! Yo no Hone wo uzumu beki tokoro wa soko da. Ore wa Tokwai no hagesii Seikwatsu ni tekishite inai. Isshô wo Bungaku ni! Sore wa dekinu. Yatte dekinu koto de wa nai ga, Yô suru ni Bunga-kusha no Seikwatsu nado wa Kûkyo na mono ni suginu.

17TH MONDAY

Gozen wa susamashii bakari Kaze ga fuita. Yasumu. Gogo, Iwamoto ga chyotto kite itta.

Kyô no Shimbun wa Futabatei shi ga Nihilist de

atta koto ya, aru Mibun iyashii Onna ni kwanshita Itsuwa wo kakagete ita.

Hiru-meshi made Tabako wo Gaman shite ita ga, tôtô, "Akogare" to hoka 2, 3 zatsu wo motte Ikubundô e yuki, 15 sen ni utta. "Kore wa ikura nan da?" to Yo wa "Akogare" wo sashita.

"5 sen——desu ne." to Haibyô-kwanja rashii Hon'ya no Aruji ga itta. Ha, ha, ha……

Kyô mo Yo wa Inaka no koto wo kangaeta. Soshite sore dake no koto ni Hi wo okutta. "Ika ni shite Inaka no Shimbun wo Keiei subeki ka? mata, Henshû subeki ka?" Sore da!

Kono Kyôgû ni iru kono Yo ga ichi-nichi nani mo sezu ni, konna Koto wo kangaete kurashita to yû koto wa!

Yoru Makura no ue de 'Shinshôsetsu' wo yonde sukoshiku omoi-ataru koto ga atta. "National life!" sore da.

31TH (*sic*) MONDAY

Ni-shûkan no aida, hotondo nasu koto mo naku sugoshita. Sha wo yasunde ita.

Shimizu no Ani kara Tegami wa kita ga, Kane wa okutte konai.

Iwamoto no Chichi kara ni-sando Tegami.

Kushiro naru Koyakko kara mo Tegami gakita.

Yo wa doko e mo——Hakodate e mo——Tegami

wo dasanakatta.

"Iwate Nippô" e, "Ijaku Tûshin" 5 kwai hodo kaite yatta. Sore wa Morioka-jin no Nemuri wo samasu no ga Mokuteki de atta. Hankyô wa arawareta. "Nippô" wa "Morioka Hanei-Saku" wo dashi hajimeta.

Shikei wo matsu yô na Kimochi! Sô Yo wa itta. Soshite mainichi Doitu-go wo yatta. Betsu ni, iro-iro Kuhû shite, Chihô-shimbun no Hinagata wo tsukutte mita. Jissai, Chihô no Shimbun e yuku no ga ichiban ii yô ni omowareta. Muron sono tame ni wa Bungaku wo sutete shimau no da.

Ichido, Yôgwaka no Yamamoto Kanae kun ga kita. Shashin-Tsûshinsha no Hanashi.

Misoka wa kita.

Damatte Uchi ni mo orarenu no de, Gozen ni dekakete Haori——tada ichi-mai no——wo Shichi ni irete 70 sen wo koshirae, Gogo, nan no Ate mo naku Ueno kara Tabata made Kisha ni notta. Tada Kisha ni nori takatta no da. Tabata de Hatake no naka no shiranu Michi wo urotsuite Tsuchi no ka wo akazu sutta.

Kaette kite Yado e Môshiwake.

Kono Yo Kindaichi kun no Kao no aware ni mietattara nakatta.

JUNE

TOKYO

1TH(sic) TUESDAY

Gogo, Iwamoto ni Tegami wo motashite yatte, Sha kara Kongetsu-bun 25 yen wo Maegari shita. Tadashi 5 yen wa Satô shi ni haratta no de Tedori 20 yen.

Iwamoto no Yado ni itte, Shimizu to futari bun Sengetsu no Geshukuryô (6 yen dake irete atta.) 13 yen bakari harai, sore kara futari de Asakusa ni iki, Kwatsudô Shashin wo mite kara Seiyô-ryôri wo kutta. Soshite Kozukai 1 yen kurete Iwamoto ni wakareta.

Sore kara, nan to ka yû wakai kodomorashii Onna to neta. Sono tsugi ni wa Itsuka itte neta Koyakko ni nita Onna——Hana——no toko e yuki, Hen na Uchi e Obâsan to itta. Obâsan wa mô 69 da to ka itta. Yagate Hana ga kita. Neta. Naze ka kono Onna to neru to tanoshii.

10 ji goro kaetta. Zasshi wo 5, 6 satsu katte kita. Nokoru tokoro 40 sen.

HATSUKA KAN

(TOKOYA NO NIKAI NI UTSURU NO KI.)

HONGÔ YUMI–CHÔ 2 CHÔME
18 BANCHI ARAI (KINOTOKO) KATA

Kami ga bô–bô to shite, mabara na Hige mo nagaku nari, Ware–nagara iya ni naru hodo yatsureta. Jochû wa Haibyô–yami no yô da to itta. Gezai wo mochii sugite yowatta Karada wo 10 ka no Asa made 3 jô han ni yokotaete ita. Kakô to yû Ki wa dô shite mo okoranakatta. Ga, Kindaichi kun to Giron shita no ga En ni natte, iro–iro Bungaku jô no Kangae wo matomeru koto ga dekita.

Iwamoto ga kite Yo no Kôi wo kansha suru to itte naita.

10 ka no Asa, Morioka kara dashita Miyazaki kun to Setsu–ko no Tegami wo Makura no ue de yonda. 7 ka ni Hakodate wo tatte, Haha wa Nohechi ni yori, Setsu–ko to Kyô–ko wa Tomo to tomo ni Morioka made kita to yû. Yo wa omotta: "Tsui ni!"

Miyazaki kun kara okutte kita 15 yen de Hongô Yumi–chô 2 chôme 18 Banchi no Arai to yû Tokoya no 2 kai futama wo kari, Geshuku no hô wa, Kindaichi kun no Hoshô de 119 yen yo wo 10 yen zutsu no Geppu ni shite morai, 15 nichi ni tatte kuru yô ni

Kazoku ni ii-okutta.

15 nichi no Hi ni Gaiheikwan wo deta. Nimotsu dake wo karita Uchi ni oki, sono Yo wa Kindaichi kun no Heya ni tomete moratta. Iyô na Wakare no Kanji wa Hutari no Mune ni atta. Wakare!

16 nichi no Asa, mada Hi no noboranu uchi ni Yo to Kindaichi kun to Iwamoto to 3 nin wa Ueno station no Platform ni atta. Kisha wa 1 jikan okurete tsuita. Tomo, Haha, Tsuma, Ko······Kuruma de atarashii Uchi ni tsuita.

1909

[4 月 3 日]

　Kitahara-kun no Oba-san ga kita. Sosite kare no Sin-Sishû "Jashûmon" wo 1 satu moratta.
　Densha-tin ga nainode Sha wo yasumu. Yoru 2 ji made "Jashûmon" wo yonda. Utukusii, sosite Toku-shoku no aru Hon da. Kitahara wa Kôfuku-na Hito da!
　Boku mo nandaka Si wo kakitai-yô na Kokoromoti ni natte neta.

[4 月 4 日]

　Hareta, Haru-rasii Hi datta. Gogo, Hisasi-buri ni Hakusan-goten ni Ôta-kun wo tazuneta. Sosite 1 yen karita. 2, 3 niti mae no koto, siti-hati-nin no Gwaka ya Sijin ga to-aru tokoro de nonda toki, Kurata-Hakuyô to iu Gwaka wa tô-tô siku-siku nakidasita sô da——4 ji-goro kara Asakusa e itte, Kwatsudô-shasin wo mi, kaeri ni Ueno e yotta-ga, Sakura wa usu-akaku Tubomi ga fukurande ita.
　Yoru, Yamasiro Seichû ga kita. Sukosi yopparatte ita yô datta. Boku wa Konya hajimete Tetu no yô na Kokoro wo motte Hito ni taisite mita. Yamasiro-kun

wa situbô-sita yô na Kawo wo site, kaette itta.

From Setu-ko.

[4月5日]

"Subaru" dai 4 gô ga kita. Mori-sensei no hajimete no Gendai-geki "Kamen" wo yonda.

Yoru, hisasi-buri de Abe Getujô-kun ga tazunete kita. Sina e itte kita noda to itte ita. Ima wa Chûwô-daigaku e itteru toka. Ai-kawarazu Hora wo fuiteru omosiroi Otoko da.

……Mame-moyasi……Mawata—— (Hatirô-gata—Yôdo—Wata—Sôda—Karusu—Tôkyô-futonyakumi-ai kara nen 300 man gwan (per 1 kan 17 sen) no Yakusoku. Kenri 6 man yen.—Neji-nuki—

Abe's residence   Awoyama harashuku, 214.

[4月6日]

Kumori, Ame. Dan.

Asa 9 ji-goro, Otake ga kite, chitto sita e kite kure to yû. Asa-ppara kara nan no koto da! Gesyuku no shujin kara no Danpan da. Kyô-jû ni Henji suru to itta.

Kitahara-kun wo tazune-yô-ka to omotta ga, sonouti ni 12 ji tikaku natta-node, Gobusata no Owabi wo kanete, "Jashûmon" ni tuite no Tegami wo yatta. —"Jashûmon" niwa mattaku atarasii futatu no

Tokuchô ga aru: sono hitotu wa 'Jashûmon' to yû Kotoba no yûsuru Rensô to itta yô na mono de, mo-hitotu wa kono Sishû ni afurete iru atarasii Kankaku to Jôcho da. Sosite, Zensha wa Shijin Hakushû wo kaisuru ni mottomo hituyô na Tokushoku de, Kôsha wa Kongo no atarasii Si no Kiso to naru-beki mono da…….

Futtari hare tari suru Hi de atta. Sha de Kongetu no Kyûryô no uti kara 18 yen-dake Zenshaku sita, sosite Kaeri ni Asakusa e itte Kwatudô-shasin wo mi, Tôkaen wo Inu no gotoku urotuki-mawatta. Baka na!

12 ji kaetta. sosite 10 yen dake Geshuku e yatta.

To Mr. Kitahara.

1911

[10 月 28 日]

"Onna ni yomaseru Syûkan Sinbun wo dasitai!" kore ga watasi no kono-goro no Kûsô no Daimoku de aru.

[10 月 29 日]

Asa ni Mituko kara Tegami ga kita. Kimono wo okuranakatta nowa warui; sikasi Sikata ga nakatta noda. Huyukwai na Kimoti de Henzi wo kaita.

Gogo, Maruya ga kite 2 zikan bakari mo iro-iro no Sekenbanasi wo sita. Hisasiburi no Raikyaku datta. Hutari no Kokoro wa, issô tikaduki-beki yô na Kikwai kara kaette hanareta. Atarazu-sawarazuno Hanasi no naka kara, 'Onna to yû Mono wa dosi-gatai mono da' to iû Kotoba ga Watasi no Kokoro ni nokotta.

Mituko no Kyôsi, Toba Hukiko to iû Hito kara, nani ka Mimai no Sina wo okutta to iû teineina Tegami ga kita.

[10 月 30 日]

Asatte ga Oosôzi da to iû node, Kyô Gozen no uti

ni Tatami wo Engawa ni motidasite, Hokori wo tataita. Tukarete Karada no hôbô ga itami, Gogo ni nattara 37°, 85 no Netu ga deta.

Tukuwe no Iti wo, Syôzi no mae kara Nisi gawa no Komado no Tokoro e utusita. Nani to naku, Heya ga atarasiku, hiroku natta yô de, Kimoti ga yoi. Oosôdi! Oosôdi!—konna Koto wo omotta; watasi mo watasi zisin no Oosôdi wo yaranakereba naranai noda ga ……..

Hi ga kurete Ma mo naku, Kôtôsihan no Tyôtin Gyôretu wo miru to itte Setuko ga Haha to Kyôko wo turete dete itta ga, Ame ga hutte kita node Kasa wo motte Mukai ni itta.

[10 月 31 日]

Konaida-dyû, Mune no itakatta nowa naotte simatta ga, Seki dake wa yappari deru; mottomo Mune ni hibiku koto wa sahodo de naku natta.

Sabisii Misoka! Setuko wa Byôin ni itta kaeri ni, Kasa wo Sitiya ni oite 50 sen karite kita. Watasi wa Kyô wa nani to naku Huyukwai de atta.

Setuko mo Mune ga warui (sore ga kono 2, 3 niti yokatta) to itte nete ita. Yoru, mada 9 zi ni natta ka, naranu ka no Koro ni mô netesimatta.

國音羅馬字法略解

清　　音

A	I	U	E	O
KA	KI	KU	KE	KO
SA	SI(SHI)	SU	SE	SO
TA	TI(CHI)	TU(TSU)	TE	TO
NA	NI	NU	NE	NO
HA	HI	HU(FU)	HE	HO
MA	MI	MU	ME	MO
YA	YI	YU	YE	YO
RA	RI	RU	RE	RO
WA	WI(I)	WU	WE(E)	WO(O)

濁　　音

GA	GI	GU	GE	GO
ZA	ZI(JI)	ZU	ZE	ZO
DA	DI(JI)	DU(DZU)	DE	DO
BA	BI	BU	BE	BO

半　濁　音

PA	PI	PU	PE	PO

拗　　音

KYA	KYI	KYU	KYE	KYO
SHA	(SHI)	SHU	SHE	SHO
CHA	(CHI)	CHU	CHE	CHO
NYA	NYI	NYU	NYE	NYO
HYA	HYI	HYU	HYE	HYO
MYA	MYI	MYU	MYE	MYO
RYA	RYI	RYU	RYE	RYO
KWA	KWI	KWU	KWE	KWO
FA	FI	(FU)	FE	FO
TSA	TSI	(TSU)	TSE	TSO
GYA	GYI	GYU	GYE	GYO
JA	(JI)	JU	JE	JO
BYA	BYI	BYU	BYE	BYO
DZA	DZI	(DZU)	DZE	DZO
PYA	PYI	PYU	PYE	PYO

（注　意）　〔国音総数百〇八〕

I．長音符号 -．（例，KŌ=KO-O.) II．独立発音符号 …．（例　HINÏ=HIN-I) III．すべて発音に随ふ．IV．章句の最初の語，及びすべての名詞，人代名詞の首字に大文字を用ふ．V．結合名詞及びそれと同一の性質の場合はハイフェンを以て繋ぐ．

〔この表は4月12日に挿入されていたが，便宜上ここに移した．　編訳者〕

日　　記

I

明治 42 年

1909

4　月

トウキョウ

7日　水曜日

ホンゴウ区　モリカワ町　1番地,
シンサカ359号, ガイヘイカン別荘にて.

　晴れた空に　すさまじい音をたてて, はげしい西風が吹き荒れた. 3階の　窓という窓は　たえまもなく　ガタガタなる, そのすきまからは, はるか下からたちのぼった砂ほこりがサラサラと吹きこむ: そのくせ　空にちらばった白い雲はちっとも動かぬ. 午后になって風は　ようようおちついた.

　春らしい日かげが　窓のすりガラスを　あたたかにそめて, 風さえなくば　汗でも流れそうな日であった. いつもくる貸本屋のおやじ, 手のひらで鼻をこすりあげながら, "ひどく吹きますなあ." といって入ってきた. "ですが, きょうじゅうにゃ　トウキョウじゅうのサクラが　残らずさきますぜ. 風があったって, あなた, この天気でございますもの."

　"とうとう春になっちゃったねえ!" と予はいった. むろんこの感慨は　おやじに　わかりっこはない. "ええ!　ええ!" とおやじは答えた: "春はあなた, わたしどもにはキ

ンモツでございますね．貸本は，もう，からダメでがす：本なんか読むよりゃ　また遊んであるいたほうが　ようがすから，無理もないんですが，読んでくださるかたも　自然とこう長くばかりなりますんでね．"

　きのう社から前借した金ののこり，5円紙幣が1まい財布のなかにある；午前中は　そればっかり気になって，しょうがなかった．この気持は，へいぜい金のある人が急にもたなくなったときと　おなじような気がかりかもしれぬ：どちらも　おかしいことだ，おなじようにおかしいには違いないが，その幸・不幸には大した違いがある．

　しょうことなしに，ローマ字の表などをつくってみた．表のなかから，ときどき，ツガルの海のかなたにいる母や妻のことがうかんで　予の心をかすめた．"春がきた，4月になった．春！春！花もさく！トウキョウへきて　もう1年だ！……が，予は　まだ予の家族をよびよせて養う準備ができぬ！"近ごろ，日に何回となく，予の心のなかを　あちらへ行き，こちらへ行きしてる　問題は　これだ……

　そんなら　なぜ　この日記をローマ字で書くことにしたか？　なぜだ？　予は妻を愛してる；愛してるからこそ　この日記を読ませたくないのだ．──しかし　これはウソだ！愛してるのも事実，読ませたくないのも事実だが，この二つは必ずしも関係していない．

　そんなら　予は弱者か？　いな．つまり　これは夫婦関係という　まちがった制度があるために起こるのだ．夫婦！

なんというバカな制度だろう！　そんなら　どうすればよいか？

　悲しいことだ！

　サッポロのタチバナ・チエコさんから，病気がなおって先月26日に退院したという　ハガキがきた．

　きょうは隣の部屋へきている　キョウト大学のテニスの選手らの最後の決戦日だ．みんな勇ましく出ていった．

　昼めしを食って　いつものごとく　電車で　社に出た．出て，広い編集局の　かたすみで　おじいさんたちと　いっしょに校正をやって，夕方5時半ごろ，第1版が校了になると帰る：これが予の生活のための日課だ．

　きょう，おじいさんたちは心中の話をした．なんという鋭いIrony〔皮肉〕だろう！　また，足が冷えて困る話をして，"イシカワ君は，年寄りどもが　なにをいうやら　と思うでしょうね．"と，いやしい，助平らしい顔のキムラじいさんがいった．"ハ，ハ，ハ……，"と予は笑った．これもまた立派なIronyだ！

　帰りに，少し買物をするため，ホンゴウの通りを歩いた．大学構内のサクラは　きょう1日に半分ほど　開いてしまった．世の中は　もうすっかり春．ゆききの人のむらがったちまたの足音は　なにとはなく　心を浮きたたせる．どこから急に出てきたかと　怪しまれるばかり，美しい着物をきた美しい人が　ぞろぞろと　ゆく．春だ！　そう予は思った．そして，妻のこと，かあいいキョウコのことを思いうかべた．

4月までに　きっと呼びよせる，そう予は言っていた：そして　呼ばなかった，いな，呼びかねた．ああ！　予の文学は予の敵だ，そして予の哲学は　予のみずからあざける論理にすぎぬ！　予の欲するものは　たくさんあるようだ：しかし実際はほんの少しでは　あるまいか？　金だ！

　隣室の選手どもは　とうとうトウキョウ方に負けたらしい．8時ごろ，キンダイチ君とともに　通りに新しくたった活動写真を見に行った．説明をする男は　いずれも　まずい．そのうちに　ひとり，シモドマイという中学時代の知人に似た男があって，聞くにたえないような　しゃれをいっては　観客を笑わしているのがあった．予は　その男を見ながら，中学1年のとき机をならべたことのある，そしてそのご予らの知らぬ社会の底を　くぐって歩いたらしいミヤナガ・サキチ君のことを思い出していた．ミヤナガが　ある活動写真の説明士になった　というような　うわさを聞いていたので．

　10時すぎ，帰ってくると，隣室は大騒ぎだ．慰労会に行って酔っぱらってきた選手のひとりが，電燈をたたきこわし，障子のさんを折って　あばれている．その連中のひとりなるサカウシ君に　部屋の入口で会った．これは予と高等小学校のときの同級生で，いまはキョウト大学の理工科の生徒，8年も会わなかった旧友だ．キンダイチ君と3人　予の部屋へ入って　1時ごろまでも　子供らしい話をして，キャ，キャ，と騒いだ．そのうちに隣室の騒ぎはしずまった．春の夜——いちにちの天気に満都の花の開いた日の　夜はふけた．

ねしずまった都の中に　ひとり目覚めて，おだやかな春の夜の息を　かぞえていると，3畳半のせまい部屋の中の予の生活は，いかにも味きなく　つまらなく感ぜられる．このせまい部屋の中に，なにともしれぬ疲れに　ただひとり眠っている姿は　どんなであろう．人間の最後の発見は，人間それ自身が　ちっとも偉くなかった　ということだ！

　予は，このけだるい不安と強いて興味をもとめようとするあさはかな望みを抱いて，このせまい部屋に　ずいぶん長いこと——200日あまりも過ごしてきた．いつになれば……いな！

　まくらの上で"Turgenev〔ツルゲーネフ〕短篇集"を読む．

8日　木曜日

　たぶん隣室のいそがしさに　まぎれて忘れたのであろう，（忘られるというのが　すでに侮辱だ：いまの予の境遇ではその侮辱が，また，当然なのだ．そう思って　予はいかなることにも笑っている．）起きて，顔をあらってきてから，2時間たっても　朝めしのぜんをもってこなかった．

　予は考えた：予は今まで　こんな場合には，いつでも　だまって笑っていた，ついぞ　おこったことはない．しかしこれは，予の性質が寛容なためか？　恐らく　そうではあるまい．仮面だ，しからずば，もっと残酷な考えからだ．予は考えた，そして手をうって　女中を呼んだ．

空はおだやかに晴れた．花どきのちまたは　なにとなく浮きたっている．風が　ときどき砂をまいて　そぞろ行く人びとの花見ごろもを　ひるがえした．

社の帰り，工学士のヒノサワ君と　電車でいっしょになった．チャキチャキの　ハイカラッコだ．その仕立ておろしの洋服姿と，そで口の切れた綿入れをきた予と　ならんで腰をかけたときは，すなわち予の口から　なにか皮肉な言葉の出ねばならぬときであった："どうです，花見に行きましたか？""いいえ，花見なんかする　ひまがないんです．""そうですか．それは結構ですね．"と予はいった．予のいったことは　すこぶる平凡なことだ，たれでも言うことだ．そうだ，その平凡なことを　この平凡な人にいったのが，予は立派なIronyのつもりなのだ．むろんヒノサワ君に　この意味のわかる気づかいはない：いっこう平気なものだ．そこが面白いのだ．

予らと向いあって，ふたりのおばあさんが腰かけていた．"ぼくは　トウキョウのおばあさんは　きらいですね．"と予はいった．"なぜです？""見ると感じが悪いんです．どうも気持が悪い．いなかのおばあさんのように　おばあさんらしいところが　ない．"そのとき　ひとりのおばあさんは　黒眼鏡の中から　予をにらんでいた．あたりの人たちも　予の方を注意している．予は　なにとなき愉快をおぼえた．

"そうですか．"とヒノサワ君は　なるべく小さい声で　いった．

"もっとも，同じ女でも，若いのなら トウキョウに限ります．おばあさんときちゃあ みんな小憎らしいつらをしてますからねえ．"

"ハ，ハ，ハ，ハ．"

"ぼくは活動写真が好きですよ．君は？"

"まだ わざわざ見に行ったことは ありません．"

"面白いもんですよ．行ってごらんなさい．なんでしょう，こう，パーッと明るくなったり，パーッと くらくなったりするんでしょう？ それが面白いんです．"

"目が悪くなりますね．"というこの友人の顔には，きまり悪い当惑の色が 明らかに読まれた．予は かすかな勝利を感ぜずには いられなかった．

"ハ，ハ，ハ！"と，こんどは予が笑った．

着物のさけたのを ぬおうと思って，夜8時ごろ，針と糸を買いに ひとり出かけた．ホンゴウの通りは 春のにぎわいを見せていた：いつもの夜店のほかに，植木屋がたくさん出ていた．人は いずれも楽しそうに 肩と肩をすって歩いていた．予は 針と糸を買わずに，'やめろ やめろ'という心の叫びを聞きながら，とうとう財布を出して この帳面とタビとサルマタと巻き紙と，それから三色スミレのはちをふたつと，5銭ずつで，買ってきた．予は なぜ必要なものを買うときにまで 'やめろ'という心の声を 聞かねばならぬか？'一文なしになるぞ．'と，その声がいう：'ハコダテでは 困ってるぞ．'と，その声がいう！

スミレのはちの　ひとつをもって　キンダイチ君の部屋に行った．"きのう　あなたの部屋にいったとき，いおういおうと思って　とうとう　いいかねたことが　ありました．"と友はいった．面白い話が　かくて始まったのだ．

"なんです？……さあ，いっこう　わからない！"

友は　いくたびか　ためらったのち，ようよう　いい出した．それはこうだ：——

キョウトの大学生が　10なんにん，この下宿にきて，7番と8番，すなわち予とキンダイチ君との間の部屋に泊ったのは，今月のついたちのことだ．女中はみな大騒ぎして　そのほうの用にばかり　気をとられていた．中にもオキョ——5人のうちでは一番美人のオキョは，ちょうど3階もちの番だったもんだから，ほとんど朝から晩——夜中までも　この若い，元気のある学生どもの中にばかりいた．みんなは'オキョさん，オキョさん．'といって騒いだ．中には　ずいぶんいかがわしい言葉や，くすぐるような気配なども　聞こえた．予はしかし，女中どもの挙動に　ちらちら見える虐待にはなれっこになっているので，したがって　かれらのことには多少無関心な態度を　とるようになっていたから，それにたいして　格別不愉快にも感じていなかった．しかし，キンダイチ君は，その隣室の物音の聞こえるたび，いうにいわれぬシットの情にかられた　という．

シット！　なんという微妙な言葉だろう！　友はそれをおさえかねて，はては自分自身を　あさましいシットぶかい男

と思い，ついたちから4日までの休みを　まったく不愉快におくったという．そして，5日の日にサンショウドウへ出て，ホーッと安心して　息をつき，小詩人君（その編集局にいるあわれな男．）のいいぐさではないが，うちにいるより　ここのほうが　いくら気がのんびりしてるだろう　と思った．それから　ようやく少し平生の気持になりえた　とのことだ．

　オキヨというのは　2月の末にきた女だ．肉感的にふとって，血色がよく，まゆが濃く，やや角ばった顔に　太いきかん気が　あらわれている．年ははたちだという．なんでも，最初きたとき　キンダイチ君にだいぶ接近しようとしたらしい．それを　オツネ——これも面白い女だ．——が　むきになって　さまたげたらしい．そして，オキヨは急に　わが友にたいする態度を改めたらしい．これは友のいうところで　ほぼ察することができる．友はそのご，オキヨにたいして，ちょうど自分のうちへ飛んで入った小鳥に　逃げられたような気持で，たえず目をつけていたらしい．オキヨの生まれながらの　ちょうはつ的な，そのくせどこか人を圧するような態度は，また，女めずらしい友の心を　それとなく支配していたと見える．そしてキンダイチ君——今まで女中に祝儀をやらなかったキンダイチ君は，先月のみそかに　オキヨひとりにだけ　なにがしかの　金をくれた．オキヨはそれを　下へ行って　みんなに話したらしい．あくる日から　オツネの態度は一変したという．まことにバカな，そして哀れむべき話だ．そして　これこそ真に面白みのあることだ．そこへもってき

て　大学生が　やってきたのだ.

　オキヨは強い女だ！　とふたりは話した.　5にんのうち,
一番はたらくのは　このオキヨ.　そのかわり普段には,　夜
10時にさえなれば,　人にかまわず　ひとり寝てしまうそうだ.
働きぶりには　たれひとり　及ぶものがない：したがって
オキヨはいつしか　みんなを圧している.　ずいぶん　きかん
気の,　めったに泣くことなどのない女らしい.　その性格は強
者の性格だ.

　一方,　キンダイチ君がシットぶかい,　弱い人のことは　ま
た争われない.　人の性格に二面あるのは　疑うべからざる事
実だ.　友は一面に　まことにおとなしい,　人のよい,　やさし
い,　思いやりのふかい男だとともに,　一面,　シットぶかい,
弱い,　小さなうぬぼれのある,　めめしい男だ.

　それは,　まあ,　どうでもよい.　その学生どもは　きょう
みんな　たってしまって,　たったふたり残った.　そのふたり
は　7番と8番へ,　今夜,　ひとりずつ寝た.

　予は　おそくまで起きていた.

　ちょうど　1時20分ごろだ.　一心になって　ペンを動か
していると,　ふと,　部屋の外に　しのび足の音と,　せわしい
息づかいとを聞いた.　はて！　そう思って　予は息をひそめ
て　聞き耳をたてた.

　外の息づかいは,　しんとした夜ふけの空気に　あらしのよ
うに　はげしく聞こえた.　しばらくは　歩くけはいがない.
部屋部屋の様子を　うかがっているらしい.

予はしかし，はじめから これを ぬすびとなどとは思わなかった．……！ たしかに そうだ！

つと，大きく島田をいった女の影ぼうしが 入口の障子にあざやかに うつった．オキョだ！

強い女も 人にしのんで はしごを上がってきたので，その息づかいのはげしさに，いかに心臓がつよく波うってるかが わかる．影ぼうしは 廊下の電燈のためにうつるのだ．

隣室の入口の まわし戸が 静かに開いた．女は中に入っていった．

"ウーウ,"と，かすかな声！ ねている男を起こしたものらしい．

まもなく 女は，いったんしめた戸を，また少しほそめにあけて，予の部屋の様子を うかがってる らしかった．そして そのまま また中へいった．"ウーウーウ."と また聞こえる．かすかな話し声！ 女はまた入口まで出てきて戸をしめて，2, 3歩あるくけはいがした と思うと，それっきり なんの音もしなくなった．

遠くの部屋で'カン'と 1時半の時計の音．

かすかにニワトリの声．

予は息がつまるように感じた．隣室では むろん もう予もねたものと思ってるに違いない．もし起きてるけはいをしたら，ふたりはどんなにか困るだろう．こいつあ困った．そこで予は なるたけ音のしないように，まず羽織をぬぎ，タビをぬぎ，そろそろ立ち上がってみたが，床の中に入るに

は　だいぶ困難した．とにかく10分ばかりも　かかって，やっと音なく　ねることができた．それでも　まだなんとなく息がつまるようだ．実にとんだ目にあったものだ．

　隣室からは，遠いところにシシでもいるように，そのせわしい，温かい，不規則な呼吸が　かすかに聞こえる．身も心もとろける楽しみの　まっさいちゅうだ．

　その音——ふしぎな音を聞きながら，なぜか予は　さっぱり心を動かさなかった．予ははじめから　いい小説の材料でも見つけたような気がしていた．"いったい　なんという男だろう？　きっとオキョを手に入れたいばっかりに，わざわざ　いのこったものだろう．それにしても，オキョのやつ，ずいぶん大胆な女だ．"こんなことを考えた．"あす　さっそく　キンダイチ君に知らせようか？　いや，知らせるのは残酷だ……．いや，知らせるほうが面白い……．"2時の時計がなった．

　まもなく，予は眠ってしまった．

9日　金曜日

　サクラは9分の咲き：暖かな，おだやかな，まったく春らしい日で，空は遠く花ぐもりに　かすんだ．

　おとといきたときは　なんとも思わなかった　チエコさんのハガキを見ていると，なぜかたまらないほど恋しくなってきた．'人の妻にならぬ前に，たった1度でいいから　会いた

い！'そう思った．

　チエコさん！　なんと　いい名前だろう！　あのしとやかな，そして軽やかな，いかにも若い女らしい歩きぶり！　さわやかな声！　ふたりの話をしたのは　たった2度だ．1度は　オオタケ校長のうちで，予が解職願いを　持っていったとき：1度は　ヤチガシラの，あのエビ色の窓かけのかかった　窓のある部屋で——そうだ，予が"あこがれ"を　持って行ったときだ．どちらもハコダテでのことだ．

　ああ！　別れてから　もう20カ月になる！

　昨夜のことを　キンダイチ君に話してしまった．むろんそのために友の心に起こった低気圧は　1日や2日で消えまい．きょういちにち　なんだか元気がなかった．といって，友はべつにオキョに恋してるわけでは　むろんない．が，予のように　このことを面白がりはしなかったのは　事実だ．男はワカゾノというやつなことは　すぐ知れた．彼は　夜9時ごろになって　たって行った．オキョとの別れの言葉はキンダイチ君とともに　この部屋にいて　聞いた．その模様では，なんでも　ワタナベという姓の男との張りあいから，ひとり残ってオキョを手に入れる決心をしたものらしい．男のたったあと，女はすぐ鼻歌を歌いながら　たち働いていた．

　社では　きょう第1版が早くすんで，5時ごろに帰ってきた．夜，出たくてたまらぬのを　むりに抑えてみた．

　帰りの電車の中で，去年の春わかれたままに会わぬ　キョウコに，よく似た子供を見た．ゴムダマの笛を'ピイ'とな

らしては　予の方を見て，はずかしげに笑って　顔をかくし
かくしした．予は　抱いてやりたいほど　かあいく思った．

　その子の母なるひとは，また，その顔の形が，予の老いた
る母の　若かったころは　多分こんなだったろう　と思われ
るほど，鼻，ほお，目……顔いったいが，似ていた．そして，
あまり上品な顔ではなかった！

　乳のように甘い春の夜だ！　クシロのコヤッコ——ツボ・
ジンコから　なつかしい手紙がきた．

　遠くでカワズの声がする．ああ，はつカワズ！　カワズの
声で思い出すのは，5年まえのオザキ先生のシナガワの家(うち)の
庭，それから，いまはクノへの海岸にいる　ホッタ・ヒデコ
さん！

　枕の上で　今月の"中央公論"の小説を読む．

10日　土曜日

　昨夜は3時すぎまで　床(トコシヨ)の中で読書したので，きょうは10
時すぎに起きた．晴れた空を　南風が吹きまわっている．

　近ごろの短編小説が，一種の新しい写生文にすぎぬような
もの　となってしまったのは，いな，われわれが読んでも
そうとしか思わなくなってきた——つまり不満足に思うのは，
人生観としての自然主義哲学の権威が　だんだん　なくなっ
てきたことを示すものだ．

　時代の推し移りだ！　自然主義ははじめ　われらの　もっ

とも熱心に求めた　哲学であったことは　争われない．が，いつしか　われらは　その理論上の矛盾を見出した：そしてその矛盾を　つっ越して　われらの進んだとき，われらの手にある剣(つるぎ)は　自然主義の剣ではなくなっていた．——少なくも　予ひとりは，もはや傍観的態度なるものに　満足することができなくなってきた．作家の人生にたいする態度は，傍観ではいけぬ．作家は批評家でなければならぬ．でなければ，人生の改革者でなければならぬ．また……．

　予の到達した積極的自然主義は　すなわち　また新理想主義である．理想という言葉を　われらは長いあいだ侮辱してきた．実際またかつて　われらの　いだいていたような理想は，われらの発見したごとく，哀れな空想にすぎなかった，'Life illusion〔人生の幻想〕'にすぎなかった．しかし，われらは生きている，また，生きねばならぬ．あらゆるものを破壊しつくして　新たに　われらの手ずからたてた，この理想は，もはや哀れな空想ではない．理想そのものは　やはり'Life illusion'だとしても，それなしには生きられぬのだ——この深い内部の要求までも　すてるとなれば，予には死ぬよりほかの道がない．

　けさ書いておいたことは　ウソだ，少なくとも　予にとっての第一義ではない．いかなることにしろ，予は，人間の事業というものは　えらいものと思わぬ．ほかのことより　文学をえらい，たっといと思っていたのは　まだえらいとはど

んなことか　知らぬときのことであった．人間のすることでなにひとつえらいことが　ありうるものか．人間そのものがすでにえらくも　たっとくも　ないのだ．

　予は　ただ安心をしたいのだ！——こう，今夜はじめて気がついた．そうだ，まったくそうだ．それに　ちがいない！

　ああ！　安心——なんの不安もないという心持は，どんな味のするものだったろう！　ながいこと——もの心ついて以来，予は　それを忘れてきた．

　ちかごろ，予の心のもっとものんきなのは，社の往復の電車の中ばかりだ．家(うち)にいると，ただ，もう，なんのことはなく，なにかしなければならぬような気がする．'なにか'とはこまったものだ．読むことか？　書くことか？　どちらでもないらしい．いな，読むことも　書くことも，その'なにか'のうちの一部分にしか　すぎぬようだ．読む，書く，というほかに　なんの私のすることが　あるか？　それは分らぬ：が，とにかく　なにかをしなければならぬような気がして，どんなのんきなことを考えているときでも，しょっちゅううしろから'なにか'に　追っかけられているような気持だ．それでいて，なんにも手につかぬ．

　社にいると，早く時間がたてばよい　と思っている．それが，べつに仕事がいやなのでもなく，あたりのことが　不愉快なためでもない：早く帰って'なにか'しなければならぬような気に　追ったてられているのだ．なにをすればよい

のか 分らぬが, とにかく なにか しなければならぬ という気に, うしろから 追ったてられて いるのだ.

風物の うつりかわりが 鋭く感じられる. 花を見ると, 'ああ 花がさいた'ということ——その単純なことが, 矢のように 鋭く感じられる. それが また見る見る開いてゆくようで, 見てるうちに散るときが 来そうに思われる. なにを見ても, なにを聞いても, 予の心は まるで急流にのぞんでいるようで, ちっとも静かでない, おちついていない. うしろから押されるのか, 前からひっぱられるのか, なんにしろ 予の心は静かにたっていられない, 駆けださねばならぬような気持だ.

そんなら 予の求めているものは なにだろう？ 名？ でもない. 事業？ でもない. 恋？ でもない. 知識？ でもない. そんなら 金？ 金も そうだ. しかし それは目的ではなくて 手段だ. 予の心の底から求めているものは 安心だ, きっと そうだ！

つまり 疲れたのだろう！

去年の暮から 予の心におこった一種革命は, 非常な勢いで進行した. 予は この100日のあいだを, これという敵は目の前に いなかったにかかわらず, つねに武装して 過ごした. たれかれの区別なく, 人はみな敵に見えた: 予は, いちばん親しい人から じゅんじゅんに, 知ってるかぎりの人を 残らず殺してしまいたく思ったことも あった. 親しければ親しいだけ, その人が憎かった. 'すべて新しく,' そ

れが予の1日1日を 支配した'新しい'希望であった．予の'新しい世界'は，すなわち，'強者——"強きもの"の世界'であった．

哲学としての自然主義は，そのとき'消極的'の本丸をすてて，'積極的'の広い野原へ突貫した．かれ——'強きもの'は，あらゆる束縛と因習の 古いヨロイをぬぎすてて，赤裸裸で，人の力をかりることなく，勇敢にたたかわねばならなかった．鉄のごとき心をもって，泣かず，笑わず，なんの顧慮するところなく，ただましぐらに おのれの欲するところに 進まねばならなかった．人間の美徳といわるる あらゆるものを チリのごとくすてて，そして，人間のなしえないことを 平気でなさねばならなかった．なんのために？ それは かれにも分らない；いな かれ自身が かれの目的で，そしてまた 人間全体の目的であった．

武装した100日は，ただ武者ぶるいをしてるあいだに すぎた．予は たれに勝ったか？ 予は どれだけ強くなったか？ ああ！

つまり 疲れたのだ．戦わずして 疲れたのだ．

世の中をわたる道が ふたつある，ただ ふたつある．'All or Nothing!〔すべてか無か！〕'ひとつは すべてにたいして 戦うことだ：これは勝つ，しからずんば 死ぬ．もひとつは なにものにたいしても 戦わぬことだ：これは勝たぬ，しかし 負けることがない．負けることのないものには 安心がある：つねに勝つものには 元気がある．そして

どちらも　ものに恐れるということがない……．そう考えても　心はちっとも　晴れ晴れしくも　元気よくも　ならぬ．予は悲しい．予の性格は　不幸な性格だ．予は　弱者だ，たれのにも劣らぬ　立派な刀をもった　弱者だ．戦わずにはおられぬ，しかし　勝つことはできぬ．しからば死ぬほかに道はない．しかし　死ぬのは　いやだ．死にたくない！　しからば　どうして生きる？

　なにも知らずに　農夫のように　生きたい．予は　あまりかしこすぎた．発狂する人が　うらやましい．予は　あまりに身も心も健康だ．ああ，ああ，なにもかも，すべてを忘れてしまいたい！　どうして？

　人のいないところへ行きたいという希望が，このごろ，ときどき　予の心をそそのかす．人のいないところ，少なくとも，人の声の聞こえず，いな，予に少しでも関係のあるようなことの聞こえず，たれもきて　予を見る気づかいのないところに，1週間なり　10日なり，いな，1日でも　半日でもいい，たったひとり　ころがっていてみたい．どんな顔をしていようと，どんななりを　していようと，人に見られる気づかいのないところに，自分のからだを　自分の思うままに　休めてみたい．

　予は　この考えを忘れんがために，ときどき　人のたくさんいるところ——活動写真へ行く．また，その反対に，なんとなく人——若い女の　なつかしくなったときも行く．しかし　そこにも　満足は見いだされない．写真——ことにも

もっともバカげた　子供らしい写真を　見ているときだけは，なるほど　しいて子供の心にかえって，すべてを忘れることもできる：が，いったん　写真がやんで'パーッ'と明るくなり，かず知れぬ　うようよした人が見えだすと，もっとにぎやかな，もっと面白いところを　求める心が　いっそう強く予の胸にわきあがってくる．ときとしては，すぐ鼻のさきに強い髪の香をかぐときもあり，暖かい手をにぎっているときもある．しかし　そのときは　予の心が　財布の中の勘定をしているときだ：いな，いかにして　たれから金を借りようか　と考えているときだ．暖かい手をにぎり，強い髪の香をかぐと，ただ手をにぎるばかりでなく，柔らかな，暖かな，まっ白な　からだを抱きたくなる．それをとげずに　帰ってくるときのさびしい心持！　ただに性欲の満足を　えられなかったばかりの　さびしさではない：自分の欲するものはすべてうることができぬ　という深い，恐ろしい失望だ．

　いくらかの金のあるとき，予は　なんのためろうことなく，かの，みだらな声にみちた，狭い，きたない町に行った．予は　去年の秋から今までに，およそ13-4回も行った，そして10人ばかりの　インバイフを買った．ミツ，マサ，キヨ，ミネ，ツユ，ハナ，アキ……名を忘れたのもある．予の求めたのは　暖かい，柔らかい，まっ白な　からだだ：からだも心も　とろけるような楽しみだ．しかし　それらの女は，やや年のいったのも，まだ16ぐらいの　ほんの子供なのも，どれだって　なん百人，なん千人の　男とねたのばかりだ．顔

につやがなく，はだは冷くあれて，男というものには　なれきっている，なんのシゲキも感じない．わずかの金をとってその陰部をちょっと　男にかすだけだ．それ以外に　なんの意味もない．おびを解くでもなく，"サア，"といって，そのままねる：なんの恥ずかしげもなく　またをひろげる．隣りの部屋に　人がいようと　いまいと　少しもかもうところがない．（ここが，しかし，面白い　かれらの Irony だ！）なん千人にかきまわされた　その陰部には，もう筋肉のしゅうしゅく作用が　なくなっている，緩んでいる．ここには　ただ　ハイセツ作用の　行なわれるばかりだ：からだも心もとろけるような楽しみは　薬にしたくも　ない！

　強きシゲキを求むる　イライラした心は，そのシゲキを受けつつあるときでも　予の心を去らなかった．予は　みたびか　よたび　泊ったことがある．18のマサのはだは　貧乏な　としま女のそれかとばかり　あれてガサガサしていた．たった　ひと坪の狭い部屋の中に　あかりもなく，異様な肉のにおいが　ムウッとするほど　こもっていた．女はまもなく眠った．予の心は　たまらなくイライラして，どうしても眠れない．予は　女のまたに手を入れて，手あらく　その陰部をかきまわした．しまいには　5本の指を入れて　できるだけ　強くおした．女はそれでも　目をさまさぬ：恐らくもう陰部については　なんの感覚もないくらい，男になれてしまっているのだ．なん千人の男とねた女！　予は　ますます　イライラしてきた．そして　いっそう強く手を入れた．

ついに 手は手くびまで入った．"ウーウ，"といって 女は そのとき目をさました．そして いきなり 予に抱きついた．"アーアーア，うれしい！ もっと，もっと——もっと，アーアーア！" 18にして すでに普通のシゲキでは なんの面白みも感じなくなっている女！ 予はその手を 女の顔にぬたくってやった．そして，両手なり，足なりを入れて その陰部を 裂いてやりたく思った．裂いて，そうして 女の死がいの 血だらけになって やみの中に よこだわっているところを まぼろしになりと 見たいと思った！ ああ，男には もっとも残酷なしかたによって 女を殺す権利がある！ なんという恐ろしい，いやなことだろう！

すでに 人のいないところへ 行くこともできず，さればといって，なにひとつ満足をうることもできぬ．人生そのものの苦痛に たええず，人生そのものを どうすることもできぬ．すべてが束縛だ，そして 重い責任がある．どうすれば よいのだ？ Hamlet〔ハムレット〕は，'To be, or, not to be?〔生きるべきか 死ぬべきか？〕'といった．しかし 今の予では，死という問題は Hamletの時代よりも もっと複雑になった．ああ，Ilia〔イリア〕！ "Three of them〔彼らのうちの三人〕"の中のIlia！ Iliaのくわだては 人間のくわだてうる 最大のくわだてであった！ かれは人生から脱出せんとした，いな，脱出した．そして あらんかぎりの力をもって，人生——われらの この人生から かぎりなき暗黒の道へ 駆け出した．そして，石のかべのために 頭

を粉砕して　死んでしまった！　ああ！

　Ilia は　独身ものであった．予は　いつでもそう思う：Ilia は　うらやましくも　独身ものであった！　悲しき Ilia と予との相違は　ここだ！

　予は　いま疲れている．そして　安心を求めている．その安心とは　どんなものか？　どこにあるのか？　苦痛を知らぬ　昔の白い心には　100年たっても　帰ることができぬ．安心は　どこにある？

　'病気をしたい．' この希望は　ながいこと　予の頭の中にひそんでいる．病気！　人のいとう　この言葉は，予にはふるさとの山の名のように　なつかしく聞こえる——ああ，あらゆる責任を　解除した　自由の生活！　われらが　それをうるの道は　ただ病気あるのみだ！

　'みんな死んでくれれば　いい．' そう思っても　たれも死なぬ．'みんなが　おれを敵にしてくれれば　いい．' そう思っても　たれも　べつだん　敵にもしてくれぬ．友達は　みんな　おれをあわれんでいる．ああ！　なぜ　予は　人に愛されるのか？　なぜ　予は　人をしんから憎むことができぬか？　愛されるということは　たえがたい侮辱だ！

　しかじ　予は　疲れた！　予は弱者だ！

　　1年ばかりのあいだ，いや，1月でも，
　　1週間でも，3日でも　いい，
　　神よ，もしあるなら，ああ，神よ，
　　わたしの願いは　これだけだ，どうか，

からだを　どこか　少しこわしてくれ，いたくても
かまわない，どうか　病気さしてくれ！
ああ！　どうか……．

まっ白な，柔らかな，そして
からだが　ふうわりと　どこまでも——
安心の谷の底までも　沈んでゆくような　ふとんの上に，
　いや，
養老院の　古だたみの上でも　いい，
なんにも考えずに，（そのまま死んでも
惜しくはない！）ゆっくりと　ねてみたい！
手足を　たれか来て　盗んで行っても
知らずにいるほど　ゆっくり　ねてみたい！

どうだろう！　その気持は？　ああ，
想像するだけでも　ねむくなるようだ！　いま着ている
この着物を——重い，重い　この責任の着物を
ぬぎすてて　しまったら，（ああ，うっとりする！）
わたしの　このからだが　水素のように
ふうわりと　軽く　なって，
高い，高い　大空へ　飛んで行くかも知れない——"ヒ
　バリだ．"
下では　みんなが　そういうかも知れない！　ああ！

————————

死だ！　死だ！　わたしの願いは　これ
たった　ひとつだ！　ああ！

あっ，あっ，ほんとに　殺すのか？　待ってくれ，
ありがたい神さま，あっ，ちょっと！

ほんの少し，パンを　買うだけだ，ごーごー5銭でもい
い！
殺すくらいの　お慈悲が　あるなら！

———————

　雨をふくんだ　なま温かい風の吹く晩だ．遠くに　カワズ
の声がする．
　ミツコから，アサヒカワに行った　というハガキがきた．
名前はなんでも，妹は　外国人の　いそうろうだ！　兄は
花ざかりの都にいて　そでくちのきれた　綿入れを着てい
る；妹は　ホッカイドウの　まんなかに　6尺の雪にうずも
れて　賛美歌をうたっている！
　午前3時，ハラハラと　雨がおちてきた．

11日　日曜日

　8時ごろ　目をさましました．サクラというサクラが　つぼみ
ひとつ残さず　さきそろって，散るにははやき日曜日，空は
のどかに晴れわたって，温かな日だ．200万のトウキョウ人

が すべてを忘れて 遊びくらす花見は きょうだ.

　なにとなく 気が軽く さわやかで，若き日の元気と楽しみが からだ中に あふれているようだ．昨夜の気持は どこへ行ったのか と思われた．

　キンダイチ君は はなむこのように ソワソワして セッセと洋服を着ていた．ふたりは つれだって 9時ごろに外へ出た．

　タワラ町で電車をすてて アサクサ公園を歩いた．朝ながらに 人出がおおい．予は たわむれに 1銭を投じて うらないの紙をとった：吉とかいてある．予のたわむれは それから始まった．アズマ橋から川蒸気にのって センジュ大橋まで スミダ川をさかのぼった．はじめて見た ムコウジマの長い土手は サクラの花の雲に うずもれて見える．カネガフチをすぎると，眼界は多少 田園のおもむきを おびてきた．ツクバ山も 花ぐもりに 見えない：見ゆるかぎりは 春の野！

　センジュの手前に 赤くぬられた長い鉄橋があった．両岸は ヤナギの緑．センジュにあがって ふたりは しばしそこらをぶらついた．予は，すそをはし折り，帽子をあみだにかぶって，しこたま 友を笑わせた．

　そこからまた船で カネガフチまで帰り，花のトンネルになった 土手の上を かず知れぬ人をわけて トウキョウの方に 向って歩いた．予は そのときも 帽子をあみだにかぶり，すそをはし折って歩いた．なんの意味もない，ただそ

んなことを してみたかったのだ：キンダイチの 外聞が悪がっているのが 面白かったのだ．なん万の晴れ着をきた人が，ゾロゾロと 花のトンネルの下を歩く．なかには，もう，酔っぱらって いろいろな どうけたまねを しているのもあった．ふたりは ひとりの美人を見つけて，ながいことそれと前後して歩いた．花は どこまでもつづいている：人も どこまでも つづいている．

コトトイから また船にのって アサクサにきた．そこで，とある牛肉屋で昼めしを食って，ふたりは別れた．予は，きょう，ヨサノさんの宅の歌会へ 行かねばならなかったのだ．

むろん 面白いことのありようがない．昨夜の 'パンの会' は 盛んだったと ヒライデ君が話していた．あとできたヨシイは，'昨晩，エイタイ橋の上から 酔っぱらって 小便をして，巡査にとがめられた．'といっていた．なんでも，みんな酔っぱらって 大騒ぎをやったらしい．

例のごとく 題を出して 歌をつくる．みんなで 13人だ．選のすんだのは 9時ごろだったろう．予は このごろ まじめに歌などを作る気になれないから，あい変らず へなぶってやった：そのふたつみつ：

　　わがヒゲの 下向くくせが いきどうろし，
　　　このごろ憎き 男に似たれば．

　　いつもおう 赤き上着を きて歩く

1909年4月11日

　　男のまなこ　このごろ気になる．

　ククとなる　鳴り革いれし　クツはけば，
　　カエルをふむに　にて気味わろし．

　その前に　大口あいて　あくびする
　　までの修業は　三年(みとせ)もかからん．

　家を出て，野越え，山越え，海越えて，
　　あわれ，どこにか　行かんと思う．

　ためらわず　その手とりしに　驚きて
　　逃げたる女　ふたたび帰らず．

　君が目は　万年筆の　しかけにや，
　　絶えず涙を　流していたもう．

　女みれば　手をふるわせて　タズタズと
　　どもりし男，今はさにあらず．

　青草の　土手にねころび，楽隊の
　　遠きひびきを　大空から聞く．

　　　　　　――――――――――

　アキコさんは　徹夜をして作ろう　といっていた．予は

いいかげんな用をこしらえて　そのまま帰ってきた．キンダイチ君の部屋には　アオミ君がきていた．予も　そこへ行って　1時間ばかり　むだ話をした．そして　この部屋に帰った．

　ああ，惜しい1日を　つまらなく過ごした！　という悔恨の情が　にわかに予の胸にわいた．花を見るなら　なぜ　ひとり行って，ひとりで　思うさま見なかったか？　歌の会！　なんという　つまらぬことだろう！

　予は　孤独をよろこぶ人間だ．生まれながらにして　個人主義の人間だ．人とともに過ごした時間は，いやしくも，戦いでないかぎり，予には　空虚な時間のような気がする．ひとつの時間を　ふたりなり　さんにんなり，あるいは　それ以上の人と　ともに費す：その時間の空虚に，少なくとも半分空虚に見えるのは　自然のことだ．

　以前　予は　人の訪問をよろこぶ男だった．したがって，いちどきた人には　この次にも　きてくれるように，なるべく満足を　あたえて帰そうとしたものだ．なんという　つまらぬことを　したものだろう！　今では　人にこられてもさほどうれしくもない．うれしいと思うのは　金のないときに　それを貸してくれそうなヤツの　きたときばかりだ．しかし，予は　なるべく　借りたくない．もし　予が　なにごとによらず，人からあわれまれ，助けらるることなしに　生活することができたら，予は　どんなにうれしいだろう！　これは　あえて金のことばかりではない．そうなったら　予

は　あらゆる人間に　口ひとつきかずに　過ごすこともできる．

'つまらなく暮らした！'　そう思ったが，そのあとを考えるのが　なにとなく　恐ろしかった．机の上はゴチャゴチャしている．読むべき本もない．さしあたり　せねばならぬ仕事は　母やそのたに手紙を書くことだが，予は　それも恐ろしいことのような気がする．なんとでもいいから　みんなの喜ぶようなことを　いってやって　哀れな人たちを　なぐさめたいとは　いつも思う．予は　母や妻を忘れてはいない，いな，毎日考えている．そしていて　予は　ことしになってから　手紙1本とハガキ1枚　やったきりだ．そのことはこないだのセツコの手紙にもあった．セツコは，3月でやめるはずだった学校に　まだ出ている．今月は　まだ月はじめなのに，キョウコの小遣いが　20銭しかない　といってきた．予は　そのため　社から少しよけいに前借した．15円だけ送ってやる　つもりだったのだ．それが，手紙を書くがいやさに　いちにち　ふつか　と過ぎて，ああ……！

　すぐ寝た．

　この日，朝に　グンマ県のアライという人がきた．'おちぐり'という雑誌を出すそうだ．

12日　月曜日

　きょうも　きのうに劣らぬ　うららかな1日であった．風なき空に　花は3日の命を楽しんで　まだ散らぬ．窓の下のサクラは　花の上に　色あさき若芽をふいている．コブの木の葉は　だいぶ大きくなった．

　坂をおりて　タマチに出ると，右がわに1軒のゲタ屋がある．その前をとおると，ふと，楽しい，にぎやかな声が，なつかしい記憶の中からのように　予の耳にはいった．予の目には　ひろびろとした青草の野原が　うかんだ——ゲタ屋ののきのかごの中で　ヒバリがないていたのだ．1分か2分のあいだ，予は　かのふるさとのオイデ野と，そこへよく銃猟に　いっしょに行った，死んだいとこのことを　思い出して歩いた．

　思うに，予は　すでに古き——しかり！　古き仲間から離れて，自分ひとりの家を　つくるべき時期となった．友人というものに　ふたつの種類がある．ひとつは　たがいの心になにか　あい求むるところがあっての交わり：そして　ひとつは　たがいの趣味なり，意見なり，利益なりによってあい近づいた交わりだ．第1の友人は，そのたがいの趣味なり，意見なり，利益なり，あるいは地位なり，職業なりが違っていても，それが直接ふたりのあいだに　まじめに争わねばならぬような場合に　たちいたらぬかぎり，けっして　ふたりの友情のさまたげとはならぬ．そのあいだの交わりは　比較

的ながくつづく．

　ところが　第2の場合における友人にあっては，それとよほど　おもむきを異にしている．むろん　この場合において成り立ったものも，途中から第1の場合の関係に移って，ながくつづくこともある．が，だいたい　この種の関係は，いわば，一種の取引き関係である，商業的関係である．AとBとのあいだの直接関係でなくて，Aの所有する財産，もしくは，権利——すなわち，趣味なり，意見なり，利益なり——と，Bの有するそれとの関係である．店なり銀行なりの　相互の関係は，相互の営業状態に　なんの変化の起こらぬあいだだけ　つづく：いったん　そのどちらかに　ある変化が起こると，取引きは　そこに断絶せざるをえない．まことにあたりまえのことだ．

　もし　それが第1の関係なら，友人を失うということは，不幸なことに違いない：が，もしも　それが第2の場合における関係であったなら，かならずしも幸福とはいえぬが，また　あえて不幸ではない．そのハタンが受動的に起これば，その人が侮辱をうけたことになり，自動的に起こしたとすれば，勝ったことになる．予が　ここに‘古き仲間’といったのは，じつは，予の過去においての　もっとも新しい仲間である，いな，あった．予は　ヨサノ氏をば兄とも父とも，むろん，思っていない：あの人は　ただ予を世話してくれた人だ．世話した人と　された人との関係は，した方の人が　された方の人より　えらくているあいだ，もしくは　互いに別

の道を歩いてる場合，もしくは　した方の人が　された方の人より　えらくなくなったときだけ　つづく：同じ道を歩いていて，そして　互いのあいだに競争のある場合には　絶えてしまう．予は　いまョサノ氏にたいして　べつに敬意をもっていない：同じく文学をやりながらも　なにとなく　別の道を歩いているように　思っている．予は　ヨサノ氏と　さらに近づくのぞみを　もたぬとともに，あえてこれと別れる必要を感じない：時あらば　いままでの恩を謝したい　とも思っている．アキコさんは別だ：予は　あの人を姉のように思うことがある……このふたりは別だ．

　新詩社の関係からえた　他の友人の多数は　ヨサノ夫妻とは　よほど　おもむきを異にしている．ヒラノとは　すでにケンカした．ヨシイは鬼面して人をおどす　放恣な空想家の亜流——もっとも哀れな亜流だ．もし　かれらのいわゆる文学と　予の文学と　同じものであるなら，予は　いつでも予のペンをすてるに　ためらわぬ．そのほかの人々はいうにも足らぬ——

　いな．こんなことは　なんの用のないことだ．考えたってなんにもならぬ．予は　ただ予の欲することをなし，予の欲するところに行き……すべて　予自身の要求にしたがえば，それでよい．

　しかり．予は　予の欲するままに！　That is all! All of all!〔それがすべてだ！　すべてのすべて！〕

　そして．人に愛せられるな．人のめぐみをうけるな．人と

約束するな．人の許しをこわねばならぬことを するな．けっして 人に自己を語るな．つねに仮面をかぶっておれ．いつなんどきでも 戦(いくさ)のできるように——いつなんどきでもその人の頭を たたきうるようにしておけ．ひとりの人と友人になるときは，その人と いつかかならず 絶交することあるを 忘るるな．

13日　火曜日

　朝はやく ちょっと目をさましたとき，女中が 方々の雨戸をくっている音を聞いた．そのほかには なんにも聞かなかった．そしてそのまま また眠ってしまって，不覚の春の眠りを 11時ちかくまでも むさぼった．花ぐもりした，のどかな日：満都の花は そろそろ散りはじめるであろう．オツネがきて，窓ガラスを きれいにふいてくれた．

　老いたる母から 悲しき手紙がきた：——

　　"このあいだ みやざきさまにおくられし おてがみでは，なんともよろこびおり，こんにちか こんにちかと まちおり，はや しがつになりました．いままでおよばない もりや まかない いたしおり，ひにましきょうこおがり，わたくしのちからで かでること およびかねます．そちらへよぶことは できませんか？
　　ぜひ おんしらせ くなされたく ねがいます．このあ

1909年4月13日

いだ，6か7かの　かぜあめつよく，うちにあめもり，おるところなく，かなしみに，きょうこおぼい　たちくらし，なんのあわれなこと(と)おもいます．しがつ2かより　きょうこ　かぜをひき，いまだなおらず．(せつこは)あさ8じで，5じか6(じ)かまで　かえらず．おっかさんと　なかれ，なんともこまります．それに　いまはこづかいなし．いちえんでも　よろしくそろ：なんとか　はやく　おくりくなされたく　ねがいます．おまえのつごうは　なんにちごろ　よびくださるか？　ぜひしらせてくれよ．へんじなきと(き)は　こちらしまい，みな　まいりますから　そのしたく　なされませ．はこだてにおられませんから，これだけ　もうしあげまいらせそろ．かしこ．

　　しがつ9か．

　　　　　　　　　　　　　　　　かつより．

　　いしかわ　さま．"

ヨボヨボした　平仮名の，仮名ちがいだらけな　母の手紙！　予でなければ　なんびとといえども　この手紙を読みうる人は　あるまい！　母がおさなかったときは　かのモリオカ・センボク町の寺小屋で，第1の秀才だったという．それが　ひとたびわが父に嫁して以来　40年のあいだ，母はおそらく　1度も手紙をかいたことが　なかったろう．予のはじめて受けとった母の手紙は，おととしの夏のそれであった．

1909年4月13日

予は　母ひとりを　ふるさとに残して　ハコダテに行った．老いたる母は　かのいとわしきシブタミに　いたたまらなくなって，忘れはてていた平仮名を思い出して　予に悲しき手紙をおくった！　そのご　予は，去年のはじめクシロにいてオタルからの母の手紙を受けとった．トウキョウに出てからの　5本めの手紙が　きょうきたのだ．はじめのころから見ると　まちがいも少ないし，字もうまくなってきた．それが悲しい！　ああ！　母の手紙！

　きょうは予にとって　決して幸福な日ではなかった．起きたときは，なにとなく　寝すごしたけだるさは　あるものの，どことなく気がのんびりして，からだ中の血のめぐりの　よどみなく　すみやかなるを感じた．しかしそれも　ちょっとのことであった：予の心は　母の手紙を読んだときから，もう，さわやかではなかった．いろいろの考えがうかんだ．頭はなにかこう，春の圧迫というようなものを感じて，自分の考えそのものまでが　ただもうまだるっこしい．'どうせ予には　この重い責任を　はたすあてがない．……むしろ　早く絶望してしまいたい．'こんなことが考えられた．

　そうだ！　30回ぐらいの新聞小説を書こう．それなら　あるいは　案外はやく　金になるかもしれない！

　頭がまとまらない．電車の切符が1枚しかない．とうとうきょうは社を休むことにした．

　貸本屋がきたけれど，6銭の金がなかった．そして，"空中

戦争"という本を借りて読んだ．

　　　　新しき都の基礎．

　やがて　世界の戦(いくさ)は　きたらん！
　PHOENIX〔フェニックス〕のごとき空中軍艦が　空に
　　むれて，
　その下に　あらゆる都府が　こぼたれん！
　戦(いくさ)は長くつづかん！　人びとの半ばは　骨となるなら
　　ん！
　しかるのち，あわれ，しかるのち，われらの
　"新しき都"は　いずこに建つべきか？
　滅びたる歴史の上にか？　思考と愛の上にか？　いな，
　　いな．
　土の上に，しかり，土の上に：なんの——夫婦という
　定まりも　区別もなき　空気の中に：
　はてしれぬ　青き，青き　空のもとに！

14日　水曜日

　晴．サトウさんに　病気届けをやって，きょうとあす　休むことにした．昨夜キンダイチ君から，こないだの2円返してくれたので，きょうはタバコに困らなかった．そして　書きはじめた：題は"ホウ"，あとで"木馬"と改めた．

創作の興と性欲とは　よほど近いように思われる．貸本屋がきて　妙な本を見せられると，なんだか読んでみたくなった：そして　借りてしまった．ひとつは"花のおぼろ夜"，ひとつは"なさけのトラの巻"．"おぼろ夜"の方をローマ字で　帳面にうつして，3時間ばかり　ついやした．

　夜はキンダイチ君の部屋にナカジマ君と，うわさに聞いていた小詩人君——ウチヤマ・シュン君が　きたので，予も行った．ウチヤマ君の鼻のかっこうたらない！　ぶかっこうなサトイモを　顔のまん中にくっつけて，そのさきをけずって平たくしたような鼻だ．よくしゃべる，たてつづけに　しゃべる：まるでヒゲをはやした豆蔵（マメゾウ）のようだ．背も低い．予の見た　かずしれぬ人のうちに　こんな哀れな人はなかった．まことに哀れな，そして　どうけた，罪のない——むしろそれが度をすごして，かえって思うさま　ぶんなぐってでもやりたくなるほど　哀れな男だ．まじめで言うことは　みなコッケイに聞こえる：そして　なにかおどけたことを言ってぶかっこうな鼻を　すすりあげると　泣くのかと思える．詩人！　この人のつとめる役は　お祭りの日に　かたかげへ子供らを集めて，泣くような歌をうたいながら　ハチマキをしておどる——それだ！

　雨がふってきた：もう10時ちかかった．ナカジマ君は社会主義者だが，かれの社会主義は　貴族的な社会主義だ——かれは車で帰って行った．そしてウチヤマ君——詩人はほんとの社会主義者だ……バンガサを借りて　帰って行く　その

姿は　まことに詩人らしい格好をそなえていた……．

　なにかものたらぬ感じが　予の胸に——そしてキンダイチ君の胸にもあった．ふたりは　その床の間のカビンのサクラの花を，部屋いっぱいに——しいたフトンの上に散らした．そして子供のように　キャッキャ騒いだ．

　キンダイチ君にフトンをかぶせて　バタバタたたいた．そして予は　この部屋に逃げてきた．そして　すぐ感じた：
"いまのは　やはり現在にたいする　一種の破壊だ！"

　"木馬"を　3枚かいて　寝た．セツコが恋しかった——しかし　それはわびしい雨の音のためではない："花の おぼろ夜"を読んだためだ！

　ナカジマ・コトウ君は　予の原稿を売ってくれるといった．

15日　木曜日

　いな！　予におけるセツコの必要は　たんに性欲のためばかりか？　いな！　いな！

　恋はさめた．それは事実だ：当然な事実だ——悲しむべき，しかしやむをえぬ事実だ！

　しかし　恋は人生のすべてではない：その一部分だ，しかも　ごくわずかな一部分だ．恋は遊戯だ：歌のようなものだ．人はだれでも　歌いたくなるときがある：そして　歌ってるときは楽しい．が，人はけっして一生　歌ってばかりは　おられぬものである．同じ歌ばかり歌ってると　いくら楽しい

歌でも あきる．また いくら歌いたくっても 歌えぬときがある．

恋はさめた：予は 楽しかった歌を歌わなくなった．しかし その歌そのものは楽しい：いつまでたっても 楽しいにちがいない．

予は その歌ばかりを歌ってることに あきたことは ある：しかし，その歌をいやになったのではない．セツコはまことに善良な女だ．世界のどこに あんな善良な，やさしい，そしてしっかりした女があるか？ 予は 妻として セツコよりよき女をもちうるとは どうしても考えることができぬ．予は セツコ以外の女を 恋しいと思ったことはある：ほかの女とねてみたい と思ったこともある：げんにセツコとねていながら そう思ったこともある．そして予はねた——ほかの女とねた．しかし それはセツコとなんの関係がある？ 予は セツコに不満足だったのではない：人の欲望が単一でないだけだ．
<ruby>単一<rt>たんいち</rt></ruby>

予のセツコを愛してることは 昔も今も なんの変りがない．セツコだけを愛したのではないが，もっとも愛したのはやはりセツコだ．今も——ことにこのごろ 予は しきりにセツコを思うことが多い．

人の妻として 世にセツコほど かあいそうな境遇にいるものが あろうか？！

現在の夫婦制度——すべての社会制度は まちがいだらけだ．予は なぜ親や妻や子のために 束縛されねばならぬ

か？　親や妻や子は　なぜ予のギセイとならねば　ならぬ
か？　しかし　それは予が　親やセツコやキョウコを　愛し
てる事実とは　おのずから別問題だ．

　まことにいやな朝であった．恋のごとくなつかしい　春の
眠りをすてて　起きいでたのは，もう10時すぎであった．雨
——つよい雨が窓にしぶいていた：空気はジメジメしている．
便所に行って　おどろいて帰ってきた：きのうまで冬木のま
まであった　木がみな　あさみどりの　芽をふいている：ニ
シカタ町の木立ちは　きのうまでの花ごろもを　ぬぎすてて，
雨の中に　けむるような若葉のうすものを　つけている．
　ひと晩の春の雨に　世界はみどり色に変った！
　けさまた　下宿屋のさいそく！
　こういう生活を　いつまで続けねばならぬか？　この考え
は　すぐに予の心を弱くした．なにをする気もない．そのう
ちに　雨がはれた．どこかへ行きたい．そう思って　予は出
た．キンダイチ君から　まさかのときに質に入れて使え　と
いわれていたインバネスを　マツサカ屋へもって行って，2
円50銭借り，50銭はせんに入れているのの　利子に入れた．
そうして予は　どこに行くべきかを　考えた．郊外へ出たい
——が，どこにしよう？　いつかキンダイチ君と花見に　行
ったように，アズマ橋から　川蒸気にのって　センジュ大橋
へ行き，いなかめいた景色の中を　ただひとり歩いてみよう
か？　あるいはまた，もしどこかに　あき家でもあったら，

こっそり その中へ入って 夕方までねてみたい！ とにかく予のそのときの気持では 人のたくさんいるところは いやであった. 予は その考えをきめるために ホンゴウカン——勧工場をひとまわりした. そして電車にのって ウエノに行った.

　雨のあとの 人少なきウエノ！ 予は ただそう思って行った. サクラとサクラの木は, 花がちりつくして ガクだけ残っている——汚ない色だ. カエデのみどり！ 泣いたあとの顔のような みにくさの底から, どことなく もうはつ夏のシゲキつよい力が あらわれているように見える. とある堂のうしろで, 40ぐらいの, ライ病患者の女が巡査に しらべられていた. どこかへ行きたい！ そう思って 予は歩いた. 高いひびきが耳に入った：それはウエノのStation〔駅〕の汽車の汽笛だ——

　汽車に乗りたい！ そう予は思った. どこまでというアテはないが, 乗って, そして まだ行ったことのないところへ行きたい！ さいわい ふところには3円ばかりある. ああ！ 汽車に乗りたい！ そう思って歩いていると ポツリポツリ 雨が落ちてきた.

　雨は べつに本ぶりにもならずに 晴れたが, そのときはもう予は ヒロコウジの商品館の中を歩いていた. そして, バカな！ と思いながら, その中の洋食店へ入って 西洋料理をくった.

　原稿紙, 帳面, インクなどを買って帰ったとき キンダイ

チ君も帰ってきた　そして　いっしょに湯に入った．
"木馬"！

16日　金曜日

　なんというバカなことだろう！　予は昨夜，貸本屋から借りたトクガワ時代の好色本"花のおぼろ夜"を　3時ごろまで帳面にうつした——ああ，予は！　予は　そのはげしき楽しみを求むる心を制しかねた！

　けさは異様なる心の疲れをいだいて　10時半ごろに　目をさました．そしてミヤザキ君の手紙を読んだ．ああ！　みんなが死んでくれるか，予が死ぬか：ふたつにひとつだ！じっさい予はそう思った．そして返事を書いた．予の生活の基礎はできた，ただ下宿をひきはらう金と，うちを持つ金と，それから家族を呼びよせる旅費！　それだけあればよい！こう書いた．そして死にたくなった．

　やろうやろうと思いながら，手紙を書くのがいやさに——恐ろしさに，きょうまで　やらずにおいた1円を母に送った——ミヤザキ君の手紙に同封して．

　予は　昨夜のつづき——'花のおぼろ夜'をうつして，社を休んだ．

　夜になった．キンダイチ君がきて，予に創作の興をおこさせようと　いろいろなことを言ってくれた．予は　なんということなく，ただもう　むやみにコッケイなことをした．

"自分の将来が ふたしかだと思うくらい，人間にとって安心なことはありませんね！ ハ，ハ，ハ，ハ！"

キンダイチ君は横にたおれた．

予は 胸のあばら骨を トントン指でたたいて，"ぼくが今なにを——なんの曲をひいてるか，わかりますか？"

あらんかぎりのバカまねをして，キンダイチ君を帰した．そして すぐペンをとった．30分すぎた．予は 予がとうてい小説を書けぬことを またまじめに考えねば ならなかった．予の未来になんの希望のないことを 考えねばならなかった．そして予は またキンダイチ君の部屋に行って，かずかぎりのバカまねをした．胸に大きな人の顔をかいたり，いろいろな顔をしたり，口笛でウグイスやホトトギスのまねをしたり——そして最後に予は ナイフをとりあげて 芝居の人殺しのまねをした．キンダイチ君は 部屋のそとに逃げ出した！ ああ！ 予は きっとそのとき ある恐ろしいことを 考えていたったに相違ない！

予は その部屋の電燈をけした，そして戸ぶくろの中にナイフをふりあげて 立っていた！——

ふたりがさらに 予の部屋で顔を合わしたときは，どっちも今のことを あきれていた．予は，自殺ということは 決してこわいことでない と思った．

かくて，夜，予は なにをしたか？ "花のおぼろ夜"！

2時ごろだった．コイシカワの奥のほうに 火事があって，まっくらな空に ただひとすじの うす赤い煙がまっすぐに

たちのぼった．火！　ああ！

17日　土曜日

　10時ごろに　ナミキ君に起こされた．予は　ナミキ君から時計を質に入れて　まだ返さずにいる．そのナミキ君の声で，深い，深い眠りの底から呼びさまされたとき，予は　なんともいえぬ不愉快を感じた．罪をおかしたものが，ここなら安心と　どこかへかくれていた所へ，巡査に踏みこまれたならこんな気持がするかもしれぬ．

　どうせ面白い話のありようはない．むろん時計のさいそくを受けたんでも　なんでもないが，ふたりの間には　深い性格のへだたりがある……．Gorky〔ゴルキー〕のことなどを語り合って　12時ごろ別れた．

　きょうこそ　必ず書こうと思って社を休んだ——いな，休みたかったから　書くことにしたのだ．それはともかくも予は　昨夜考えておいた"赤インク"というのを書こうとした．予が自殺することを書くのだ．ノートへ3枚ばかりは書いた……そして書けなくなった！

　なぜ書けぬか？　予は　とうてい予自身を客観することができないのだ．いな．とにかく予は　書けない——頭がまとまらぬ．

　それから"モキチイズム"という題で　かつて"入京記"に書こうと思っていたことを　書こうとしたが……．

1909年4月17日

　フロでキンダイチ君に会った．いまジンボ博士から電話がかかってきたが，カラフト行きがきまりそうだ　という．キンダイチ君もおどろいているし，予もおどろかざるをえなかった．行くとすれば　この春中だろうということだ．カバフト庁の嘱託として'ギリヤーク''オロッコ'などいう　土人の言葉を調べるに行くのだそうだ．

　フロからあがってきて　机に向うと　悲しくなった．キンダイチ君がカバフトへ行きたくないのは，トウキョウで生活することのできるためだ：まだ独身で　いろいろなのぞみがあるためだ．もし　予がキンダイチ君だったら　と考えた．ああ，ああ！

　まもなくキンダイチ君が，"ドッポ集　第2"をもって　入ってきた：そして泣きたくなったといった．そしてまた　きょう1日　予のことばかり考えていた　といって，痛ましい目つきをした．

　キンダイチ君に　ドッポの"疲労"その他　2, 3篇を読んでもらって聞いた．それから　カバフトのいろいろの話を聞いた．アイヌのこと，朝空に羽ばたきするワシのこと，舟のこと，人の入れぬ大森林のこと……．

　"カバフトまで　旅費がいくらかかります？"と予は問うた．

　"20円ばかりでしょう．"

　"フーム，"と予は考えた：そして言った．あっちへ行ったら　なんかぼくにできるような　口を見つけてくれません

か？　巡査でもいい！"

　友は痛ましい目をして　予を見た．

　ひとりになると，予は　またいやな考えごとを続けなければ　ならなかった．今月も　もうなかばすぎだ．社には前借があるし……そして，書けぬ！

　'スバル'の歌をなおそうかとも思ったが，紙をのべただけで　イヤになった．

　あき家へ入って　ねていて，巡査につれられて行く男のこと　を書きたいと思ったが，しかし筆をとる気にはなれぬ．

　泣きたい！　真に泣きたい！

　"断然　文学をやめよう．"と　ひとりで言ってみた．

　"やめて，どうする？　なにをする？"

　"Death〔死〕！"と答えるほかはないのだ．じっさい予はなにをすればよいのだ？　予のすることは　なにかあるだろうか？

　いっそ　いなかの新聞へでも行こうか！　しかし　行ったとてやはり　家族をよぶ金は　容易にできそうもない．そんなら，予の第1の問題は　家族のことか？

　とにかく問題はひとつだ．いかにして生活の責任の重さを感じないようになろうか？　——これだ．

　金を自分が持つか，しからずんば，責任を解除してもろうか：ふたつにひとつ．

　おそらく，予は　死ぬまで　この問題をしょって行かねばならぬだろう！　とにかく　ねてから考えよう．（夜1時．）

18日　日曜日

　早く目はさましましたが，起きたくない．戸がしまっているので　部屋の中はうすぐらい．11時までも　床の中にモゾクサしていたが，社に行こうか，行くまいかという，たったひとつの問題をもてあました．行こうか？　行きたくない．行くまいか？　いや，いや，それでは悪い．なんとも結末のつかぬうちに　女中がもう隣りの部屋まで掃除してきたので起きた．顔を洗ってくると，床をあげて出て行くオツネのやつ：

　"掃除は　おひるすぎにしてやるから，ねえ，いいでしょう？"

　"ああ．"と予は　気ぬけしたような声で　答えた．"――してやる？　フン．"と，これは心のうち．

　セツコからハガキがきた．キョウコが近ごろ　また身体の具合がよくないので　医者に見せると，また胃腸が悪い――しかも慢性だといったとのこと．予がいないので心細い：手紙がほしい　と書いてある．

　とにかく社に行くことにした．ひとつはセツコの手紙を見て　気を変えたためでもあるが，また，'きょうも休んでる！'と女中どもに思われたくなかったからだ．'なあに，イヤになったら　途中からどっかへ遊びに行こう！'そう思って出たが，やっぱり電車に乗ると　切符をスキャバシに切らせて社に行ってしまった．

みっつぐらいの　かあいい女の子が　乗っていた．キョウコのことが　すぐ予の心にうかんだ．セツコは朝に出て　夕方に帰る：その１日，狭くるしいうちの中は　おっかさんとキョウコだけ！　ああ，おばあさんと孫！　予はその１日を思うと，目がおのずからかすむを覚えた．子供の楽しみは食いもののほかにない．その単調な，うすぐらい生活にうんだとき，キョウコは　きっとなにか食べたいと　せがむであろう．なにもない．"おばあさん，なにか，おばあさん！"とキョウコは泣く．なんとすかしても　きかない．"それ，それ……"といって，ああ，タクアンづけ！

　不消化物が　いたいけなキョウコの口から腹にはいって，そして　弱い胃や腸をいためているさまが　心にうかんだ！

　にせ病気をつかって　５日も休んだのだから，予は　多少しきいの高いような気持で　社にはいった．むろん　なんのこともなかった．そして，ここにきていさえすれば，つまらぬ考えごとを　しなくてもいいようで，なんだか安心だ．同時に，なんの係累のない――自分のとる金で自分ひとりを処置すればよい人たちが　うらやましかった．

　新聞事業の興味が，校正のあいまあいまに　予を刺激した．予は　オタルが将来もっとも有望な都会なことを　考えた；そして，オタルに新聞を起こして，あらん限りの活動をしたら，どんなに愉快だろう　と思った．

　妄想は果てもない！　ハコダテの津波……キンダイチ君とともにカバフトへ行くこと……Russia〔ロシア〕領の北部カ

バフトへ行って，いろいろの国事犯人に会うこと……．

　帰りに　おしの女を電車の中で見た．"コイシカワ"と手帳へ書いて，それを車掌に示して，乗りかえ切符をもらっていた．

　妹——親兄弟に別れ，English 人〔イギリス人〕の Evance（?）という人とともに　今月アサヒカワへ行ったミツコから　長い手紙がきていた．"……この頃は　だいぶ町にもなれまして，しのぎやすく　なりました．でも，こう，柔らかな春びよりを　窓ごしに受けてなどおりますと，どこも思い出しませんが，ただ，ふるさとなるシブタミを思い出します．にいさまに言いつけられて，あの山みちの方など，スミレをさがしに歩きました　当時のことを追懐いたします．にいさまも　あるいは　その当時の有様を　心におたどりになることが　おありかもしれません！……　わたしの机の上に　かあいらしいフクジュソウが　あります．それを見ていますと，きょう，ふとふるさとが　思い出されてなりませんの．よくスミレやフクジュソウをさがしに，あの墓場のほとりを歩きましたっけ！……そして，いろいろなことを思い出しましたの．にいさまにしかられた　昔のことを思っては，新しくうらんでもみました——許して下さいませ！　今は　しかられたくても　及びません！

　"なぜあのとき，甘んじてにいさまに　しかられなかったでしょう？　今になっては　それが　この上もなく　くやしうございます．もう1度にいさまに　しかられてみたくっ

て！　しかし　もう及びません！……じっさい　わたしの心がけは　間ちがってましたねえ！……にいさまは今　シブタミの誰かと　おたよりなすって　いらっしゃるの？　わたし，アキハマ・キヨコさんに　お手紙出したいと　存じておりますが，ホッカイドウへまいってから　まだ1度も出しませんの．……

"それから　わたしどもねえ，5月なかごろは婦人会や修養会がございまして，また　オタルやヨイチ方面へ　まいります．……"

……予の目はかすんだ．この心もちを　そのまま妹に告げたなら，妹はどんなに喜ぶであろう！　現在の予に，心ゆくばかり味わって読む手紙は，妹のそればかりだ：母の手紙，セツコの手紙，それらは予にはあまり悲しい，あまりつらい．なるべくなら　読みたくないとすら思う．そしてまた，予には以前のように　心と心のひびきあうような手紙を書く友人が　なくなった．時どき消息する女——2, 3人の若い女の手紙——それも　懐しくないわけではないが，しかし　それはいつわりだ．……妹！　予のただひとりの妹！　妹の身についての責任は　すべて予にある．しかも予は　それを少しも果たしていない．——おとどしの5月のはじめ，予はシブタミの学校で　Strike〔ストライキ〕をやって免職になり，妹はオタルにいた姉のもとに　やっかいになることになり，予もまたホッカイドウへ行って　なにかやるつもりで，いっしょにハコダテまで　つれてってやった．ツガルの海は荒れた．

そのとき予は　船によって青くなってる妹に　清心丹などをのまして，介抱してやった．——ああ！　予がたったひとりの妹にたいして，兄らしいことをしたのは，おそらく，そのときだけなのだ！

　妹はもう 22 だ．あたりまえならば　むろんもう結婚して，かあいい子供でも　抱いてるべき年だ．それを，妹はいままでも　いくたびか自活の方針をたてた．不幸にして　それは失敗におわった：あまりに兄に似ている　不幸な妹は，やはり　現実の世界にあてはまるように　できていなかった！最後に　妹は神を求めた：いな，おそらくは，神によって職業を求めた．ミツコは，いま，冷やかな外国婦人のもとに養われて，'神のため'に働いている：来年は試験をうけて　ナゴヤの Mission School〔ミッション・スクール〕へ入り，'一生を神にささげて' 伝道婦になるという！

　兄に似た妹は　はたして宗教家に適しているだろうか！

　性格のあまりに近いためでがなあろう；予と妹は　小さいときから　仲が悪かった．おそらく　このふたりのくらい　仲の悪いきょうだいは　どこにもあるまい．妹が予にたいして　妹らしい口をきいたことはあったが，予は　まだ妹がイジコの中にいたときから，ついぞ兄らしい口をきいたことはない！

　ああ！　それにもかかわらず，妹は予をうらんでない：また昔のように　しかられてみたい　といってる——それがもうできない　と悲しんでる！　予は泣きたい！

1909年4月18日

　シブタミ！　忘れんとして忘れえぬのは　シブタミだ！シブタミ！　シブタミ！　われをそだて，そして迫害したシブタミ！……予は泣きたい，泣こうとした．しかし涙が出ぬ！……その生涯のもっとも大切な18年のあいだを　シブタミにおくった父と母——悲しい年よりだちには，そのシブタミはあまりにつらく　痛ましい記憶をのこした．死んだ姉は　シブタミに3年か5年しかいなかった．2番めのイワミザワの姉は，やさしい心とともに　シブタミを忘れている：思い出すことを恥辱のように感じている．そしてセツコはモリオカに生まれた女だ．予とともにシブタミを忘れえぬものは　どこにあるか！　広い世界に　ミツコひとりだ！

　今夜，予は妹——哀れなる妹を思うの情にたえぬ．会いたい！　会って　兄らしい口をきいてやりたい！　心ゆくばかり　シブタミのことを語りたい．ふたりとも　世の中のつらさ，悲しさ，苦しさを知らなかった　なん年の昔に帰りたい！　なにもいらぬ！　妹よ！　妹よ！　われらの一家がうちそろうて，楽しくシブタミの昔話をする日は　はたしてあるだろうか？

　いつしか雨がふりだして，雨だれの音がわびしい．予にして　もし父——すでに1年たよりもせずにいる父と，母と，ミツコと，それから妻子とを集めて，たとい　なんのうまいものはなくとも，いっしょに晩さんをとることができるなら…………．

キンダイチ君のカバフト行きは，夏休みだけ行くのだそうだ．きょうは言語学会の遠足で　オオミヤまで行ってきたとのこと．

19日　月曜日

　下宿の虐待は　いたれりつくせりである．けさは9時ごろ起きた．顔をあらってきても，火ばちに火もない．ひとりで床をあげた．マッチでタバコをのんでいると，子供が廊下を行く：いいつけて　火と湯をもろう．20分もたってから　めしをもってきた．シャモジがない：ベルをおした．こない．また　おした．こない．よほどたってから　オツネがそれをもってきて，ものいわずに　投げるように　おいて行った．ミソジルは冷たくなっている．

　窓の下に　コブの木の花がさいている．昔むかし，まだシブタミの寺にいたころ，よくあの木の枝を切っては　パイプをこしらえたものだっけ！

　女中などが失敬なそぶりをすると，予は　いつでも，'フム，あの畜生！　おれが金をみんな払って，そして，やつらにも金をくれてやったら，どんな顔をして　おべっかを　つかいやがるだろう！'と思う．しかし　考えてみると，いつ　その時代が　おれにくるのだ？

　"小使トヨキチ."のちに"サカウシ君の手紙."と題を改めて　書き出したが，5行も書かぬうちに　12時になって，社

に出かけた.

　変ったことなし. 老小説家ミシナ老人が　なにかと予にしたしみたがってる様子が　おもしろい. 給仕のコバヤシは, "あなたがスバルという雑誌に　小説をお書きになったのはなん月ですか？" と　きいていたっけ.

　帰ってきて "サカウシ君の手紙" をローマ字で書き出したが, 10時ごろには　頭が疲れてしまった.

20 日　火曜日

　廊下でオツネが　なにか話している. その相手の声は　予のいまだ聞いたことのない声だ: 細い, ういういしい声だ. また新しい女中がきたな　と思った——それは7時ごろのこと——この日　第一に予の意識にのぼった　できごとは　これだ.

　うつらうつらとしていると, 誰かしら入ってきた. 'きっと新しい女中だ.'——そう夢のように思って, 2,3度　ゆるやかな呼吸をしてから　目を少しばかりあいてみた. 思ったとおり, 17 ぐらいの丸顔の女が, 火ばちに火をうつしている. 'オサダさんに似た.' と, すぐ目をつぶりながら, 思った. オサダさんというのは　シブタミの郵便局の娘であった. あのころ——36年——たしか14だったから, いまは十——十——そうだ, もう　はたちになったのだ……どこへ　およめに行ったろう？ そんなことを考えながら　カナヤ・シチロ

ウ君を思い出した．そして　うとうとした．すぐまた目がさめた——といっても　目をあくほど　すっかりではない．手荒く障子をあけて　オツネが入ってきた：そして火ばちの火をもって行く．予が目をあくと，

"あなたのところへは　あとでもってきます．"

"虐待しやがるじゃないか？" と，予は，胸の中でだけ言ったつもりだったが，つい口に出てしまった．オツネは顔色を変えた：そして　なんとか言った．予は "ムニャ，ムニャ" いって　ねがえりをした！

午前中，頭がはっきりしていて，"サカウシ君の手紙." を2枚だけ書いた．そして社に行った．

昨夜　カワサキの手前に汽車の転覆があったので，社会部の人たちは　テンテコ舞いをしている．

例刻に帰った．まもなくヒライデ君から電話：短歌号の原稿のさいそくだ．いいかげんな返事をしたが，フム！　つまらない，歌など！　そう思うと　うちにくすぶってるも　つまらない　という気になって，ひとり出かけた．5丁目の活動写真で　9時までいた．それから1時間はアテもなく電車の中．

けさ，肩かけを質屋にもって行って　60銭借りた．そして床屋に入って　頭を5分刈りにし，手ぬぐいとシャボンを買って，すぐその店の前の湯屋に入ろうとすると，"きょうは検査の日だから　11時ごろからでなくては　湯がたたぬ." と，

その店の　あいきょうのある　かみさんが教えてくれた．

21 日　水曜日

　昨夜　マクラの上で　テンガイの'長者星'を少し読んだ．実業界のことを書こうと思って　1 ヵ年間研究したという態度が　すでにまちがっている．第二義の小説……が，この作家は建築家のような，事件を組みたてる上の　恐るべき技量をもっている．空想の貧弱な作家の及ぶところでない．

　そうしてるところへ　キンダイチ君が，"お湯があるか."といって　入ってきて，ウエダ・ビン氏が　なにかの雑誌へ'小説は文学にあらず.'という論文を出すそうだ　という話をした．"それ，ごらんなさい！"と予はいった："あの人もとうとう　その区別をしなければならなくなってきた．詩は文学のもっとも純粋なものだという　あの人の classical〔古典派的〕意見なり趣味なりを　すてることもできず，さりとて，新文学の権威を認めぬわけにいかなくなってきた．そこで　そんな二元的な区別を　たてなくちゃ　ならなくなったんでしょう．——"

　きょうから　3 階はまたオキヨさんの番だ．早く起きた．
　ついに葉ザクラのころとはなった．窓をあけると，けぶるような若葉の色が目を刺激する．
　きのうは電車の中で　ふたりまで夏帽をかぶった人を見た．

1909年4月21日

夏だ！

　9時にダイマチの湯屋へ行った．ここは去年トウキョウにきて　セキシン館にいたころ，よく行きつけた湯屋だ．大きい姿見，気持よき噴霧器，なんの変りはない．ただあのころいた17ばかりの　男ずきらしい女が，きょうは番台の上にいなかった．1枚ガラスの窓には　朝のすがすがしい日光に青葉の影がゆらめいていた．予は　1年前の心持になった．三助も去年のやつだ……そして予は　はげしいトウキョウの夏が　すぐ目の前にきてることを感じた．セキシン館のひと夏！　それは　予が非常な窮迫の地位にいながらも，そうして　たとい半年のあいだでも　家族をやしなわねばならぬ責任から　のがれているのがうれしくて，そうだ！　なるべくそれを考えぬようにして　"半独身者"の気持を楽しんでいた時代であった．そのころ関係していた女をば，予はまもなく　すててしまった．――いまはアサクサで芸者をしている．いろいろのことは変った．予はこの1年間に　いく人かの新しい友をえ，そうしてすてた……予は，そのころより健康になったからだを　せっせと洗いながら，いろいろの追懐にふけった．――1年間のはげしい戦い！……And, the dreadful summer is coming again on me――the peniless(*sic*) novelist! The dreadful summer! alas! with great pains and deep sorrows of phigical(*sic*) struggle, and, on other hand, with the bothomless(*sic*) rapture of young Nihilist!〔そして，恐るべき夏が　ふたたびやってくる　予に……一文なしの小説

家に！　恐るべき夏！　ああ！　肉体的な闘争の大きな苦痛と深い悲しみとともに，そして，他方，若いニヒリストの底なしの歓喜とともに！〕

As I came out of the gate of the bathhouse, the expressful faced woman who solled(sic) me the soap yesterday said to me 'Good morning' with something calm and favourable gesture.〔湯屋の戸口を出ようとすると，きのう予にシャボンを売ってくれた表情にとんだ女が　予に'おはようございます'と言った　どこかおだやかで好意のこもったそぶりで.〕

The bath and the memories bring me some hot and young lightness. I am young, and, at last, the life is not so dark and so painful. The sun shines, and the moon is calm. If I do not send the money, or call up they(sic) to Tôkyô, they——my mother and wife will take other manner to eat. I am young, and young, and young: and I have the pen, the brain, the eyes, the heart and the mind. That is all. All of all. If the inn-master take(sic) me out of this room, I will go everywhere——where are many inns and hotels in this capital. To-day, I have only one piece of 5 rin-dôkwa: but What then? Nonsence(sic)! There are many, many writers in Tôkyô. What is that to me? There is nothing. They are writing with their finger-bones and the brud (sic): but I must write with the ink and the G pen! That

1909年4月21日

is all Ah, the burning summer and the green-coloured struggle!〔湯と思い出が予に ある熱した若々しい明るさをもたらす. 予は若い, そして, けっきょく, 人生はそんなに暗くも苦しくもない. 太陽はかがやき, 月はおだやかだ. もし予が金を送らず, あるいはかれらをトウキョウに呼ばなければ, かれら——わが母と妻は なんとかして食って行くだろう. 予は若い, そして若い, そして若い: そして 予にはペン, 頭脳, 眼, 心情と精神がある. それがすべてだ. すべてのすべてだ. もし下宿のおやじが 予をこの部屋から追い出すならば, 予はどこへでも行く——この首府には下宿やホテルはたくさんある. きょう, 予は5厘銅貨1枚しかない: だが それがなんだ? ナンセンス! トウキョウにはたくさん, たくさんの作家がいる. 予にとって それがなんだ? なんでもない. かれらは指さきと筆とで書いている: しかし予はインクとGペンで書かねばならぬ! それがすべてだ. ああ, 焼けるような夏と緑色の闘争!〕

　きょうから 汽車の時間改正のため 第1版の締切りが早くなり, ために第2版のできるまで いることになった. 出勤は12時, ひけは6時.
　夜, キンダイチ君の部屋にナカムラ君がきた: 行って話す. この人も 学校を出ると たぶん朝日へ入るように なるだろうとのこと.
　ヒライデから 原稿さいそくの電話.

22 日　木曜日

　昨夜　早くねたので，きょうは6時ごろに起きた．そして歌を作った．晴れた日が　午后になって　くもった．

　夜，キンダイチ君と語り，歌を作り，10時ごろ　またキンダイチ君の部屋へ行って，作った歌をよんで　おお笑い．さんざん　ふざけちらして，大騒ぎをし　帰ってきてねた．

23 日　金曜日

　6時半ごろに起きて　洗面所に行くと，キンダイチ君が便所で　あいさつされたという　19番の部屋の美人が　いましも顔を洗って　出て行くところ．おそかったユラノスケ！その女のつかった金ダライで　顔を洗って，'なんだ，バカなことを　しゃがるなあ！'と心のうち．

　歌を作る．予が自由自在に駆使することのできるのは　歌ばかりか　と思うと，いい心持ではない．

　11時ごろから雨がふり出した．社ではキムラ，マエカワの両老人が　休んだので　第1版の校了まで　タバコものめぬ忙しさ．

　帰るころから　バカに寒くなってきた．それに腹がへっているので　電車の中で　ヒザ小僧がふるえた．中学時代の知人　ナガヌマ君に会った．なま白い，大きな顔に，高帽をかぶって，今ふうの会社員か役人ふうのStyle〔スタイル〕をし

て，どうやら子供のありそうな　おうへいな様子だ．こいつ
どうせくるやつでないからと　番地を書いて名刺を　くれて
やった．

　近ごろ電車の中で　よく昔の知人に会う．きのうも　スキ
ャバシで　おりるとき，出口に近く腰かけていた　角帯の青
年，

　"失礼ですが　あなたはモリオカにいらしった　イシ――"
　"そうです，イシカワです．"
　"わたしは　シバナイ――"

　シバナイ・カオル，あのかあいかった子供！　どこにいる
ときいたら，アカサカのタダ――もとのモリオカ中学の校長
――のうちにいる　といった．こっちの住所は教えるひまも
なく　予はおりてしまった．

　キンダイチ君は　しきりに　あすのLecture〔講義〕の草稿
を作っているらしい．予は帰ってきて　めしがすむと　すぐ
とりかかって　歌を作りはじめた．このあいだからの分を
あわせて，12時ごろまでかかって，70首にして，"莫復問七
十首"〔また問うなかれ70首〕と題して　こころよくねた．な
ににかぎらず　1日ひまなく仕事をしたあとの心持は　たと
うるものもなく　楽しい．人生の真の深い意味は　けだし
ここにあるのだろう！

24日　土曜日

　晴れた日ではあったが　北風はふいて，寒暖計は62度8分にしか　のぼらなかった．

　'スバル'の募集の歌"秋"698首うちから，午前のうちに40首だけ選んだ．社に行くとき　それと昨夜の"莫復問七十首."とを　ヒライデ君のところに　おいて行った．

　きょうの記事の中に　練習艦隊太平洋横断の通信があって，その中に，春季皇霊祭の朝，艦員みな甲板に出て　西の空をのぞんで　皇霊を拝した　というところがあった．耳のきけない老小説家のミシナじいさん，"西の空では　ニッポンの方角ではない"といって　がんとして　きかなかった．それからマエカワじいさんは　きのう無断欠勤したというので，カトウ"Round-eyes〔どんぐり目〕"とケンカをしていたっけ．この人は　予の父に似た人なのだ．

　少しおそくなって帰った．机の上には原稿紙の上に　手紙らしいもの——胸をおどらして　電燈のネジをひねると，それはサッポロの　タチバナ・チエコさんから——！　退院の知らせのハガキをもらってから　予はまだ返事を出さずにいたったのだ．

　"ハコダテにて　お目にかかりしは　わずかのあいだに候らいしが　お忘れもなく　お手紙……おうれしく"——と書いてある．"このごろは　外を散歩するくらいに　あいなり候."と書いてある．"昔　しのばれ候"と書いてある．そして，

"おひまあらば　ハガキなりとも——"と書いてある.

　キンダイチ君が入ってきた．きょうのLectureの成績がよかったとみえて　ニコニコしている．話はいろいろであったが，友の目の予に語るところは，"創作をやれ．"ということであった．"足跡のあとを書け．"といった．そして1カ月前の予の**興奮時代**を語って　その目は　予の現在の深き興味を失った気持を　せむるごとくであった．予は言った：

　"だが，キンダイチさん，おれだって　すぐあなたの希望にそいたい……が，おれには　いま敵がなくなった！　どうも張り合いがない．"

　"敵！　そうですねえ！"

　"あのころの敵は　オオタ君だった．実際です．"

　"そうでしたねえ！"

　"オオタとおれの取り引きは　案外はやく終ってしまった．
　　'二元，二元，なお説きえずば　三元を　立つる意気ごみ，
　　　賢き友かな．'
　わたしは　この歌をつくるとき　だれを思いうかべた　と思います？　ウエダさんと，それからオオタ君です．まだこのほかにも　オオタにたいする　思想上の絶交状を意味する歌を　三つ四つ　作りましたよ．"

　"つまり，もうオオタ君を捨てたんですか？"

　"敵ではなくなったんです．だから　おれは　こうがっかりしてしまったんです．敵！　敵！　Authority〔権威〕のない時代には　強い敵がなくちゃあ　だめですよ．そこへゆく

と　ドッポなんかはえらい，じつにえらい."

　こんな話も，しかし予の心臓に　少しの鼓動をも起こさなかった．

25日　日曜日

　予の現在の興味は　ただひとつある：それは　社に行って2時間も3時間も　息もつかずに　校正することだ．手があくと　頭がなんとなく空虚を感ずる：時間が長くのみ思える．はじめ予の心を　おどりたたした輪転機のひびきも，いまでは　なれてしまって　強くは耳にひびかない．けさ　このことを考えて　悲しくなった．

　予は　すべてのものに　興味を失っていきつつあるのではあるまいか？　すべてに興味を失うということは，すなわちすべてから　失われるということだ．

　"I have had lost from everything!(sic)〔予はすべてから失われてしまった！〕" こういう時期が　もし予にきたら！

　"駆け足をして　息が切れたのだ．おれは　いま並み足であるいている．" と予は昨晩　友に語った．

　きょうは　砲兵工ショウの大煙突が　煙をはいていない．

　社に行って月給を受けとった．現金7円と18円の前借証．先月は25円の顔を見ただけで　サトウさんに返してしまい，けっきょく　1文ももって帰ることが　できなかったが……

1909年4月25日

　日曜だから　第1版だけで　予は帰った．そして4時ごろスルガダイのヨサノ氏をたずねた．主人は　俳優養成所の芝居を見に行って　留守だったが，2階でアキコさんと話していると　ヨシイ君がきた．ヒラヤマ・ヨシコの話が出た．

　アキコさんは，今度の短歌号に出すヨサノ氏の歌は　物議をかもしそうだという．どうしてです　と言うと，

　"こないだ　ふたりでケンカしたんですよ．うちが，あなた，ナナセばっかりかあいがって　ヤツオを，どうしてなんですか，大層いじめるんでございますよ．あんまりいじめるもんですから　ますます神経が弱って　泣くもんですからね，こないだ　1週間だけ　しからない約束してもらったんですが，それをねえ，またピシャピシャ顔をぶつもんですから，わたし　そんなに子供をいじめられるなら　うちへ帰りますと言うと　おこりましてねえ．それを今度の歌に作ったんでございますの．'妻にすてられた'とかなんとか　いろんなのがありますよ．"

　"ハ，ハ，ハ！　そうですか．"

　"それから，あのう，ヤマカワさんが　おなくなりになりましたよ．"

　"ヤマカワさんが……！"

　"ええ，……今月の15日に……"

　薄幸なる女詩人　ヤマカワ・トミコ女史は　ついに死んだのか？！

　…………！

ヨサノ氏が帰ってきて　まもなく予は辞した．なにやらの話のつづきで　"ハ，ハ，ハ，"と笑いながら　外に出た予は，2, 3歩あるいて"チェッ"と舌うちした．"よし！　かれらと　ぼくとは違ってるのだ．フン！　見ていやがれ，バカ野郎め！"

　電車の20回券を買った．

　頭が少し痛い．キンダイチ君をさそって　散歩に出かけた．ホンゴウ3丁目で，

　"どこへ行きます？"

　"そう！"

　サカモト行きの乗換え切符をきらせて　ヨシワラへ行った．キンダイチ君には　2度目か3度目だが，予は生まれて初めて　この不夜城に足をいれた．しかし　思ったより広くもなく，たまげるほどのことも　なかった．くるわの中を　ひとめぐり廻った．さすがに美しいには美しい．

　カドエビの大時計が10時を打って　まもなく予らは　その花のようなくるわを出て，車でアサクサまできた．トウカエンを歩こうか　と言いだしたが，ふたりとも興味がなくなっていたので，そして，バカに空腹を感じていたので，とある牛肉屋にあがって　めしを食った．そうして12時すこしすぎに帰ってきた．

　"夜　目をさますと，雨だれの音が　なんだか隣室のさざめごとのようで，美しいひとが　まくらもとにいるような……ひょうびょうたる心地になることがある．"というようなこ

とを　キンダイチ君が言いだした．

"ひょうびょうたる心地！"と予はいった．"わたしは　そんな心地を忘れてから　なん年になるか　わからない！"

友はまた，"わたしも　いつかぜひ，あそこへ行ってみたい．"というようなことを言った．

"大いにいい"と予は言った．"行った方がいいですよ．そして結婚したらどうです？"

"相手さえあれば　いつでも．だが結婚したら　あんなところへ行かなくても　いいかもしれませんね！"

"そうじゃない．ぼくは　やっぱり行った方がいいと思う．"

"そうですねえ！"

"なんですねえ，アサクサは，いわば，たんに肉欲の満足をうるところだから，相手が　つまりは　どんなヤツでもかまわないが，ヨシワラなら　ぼくはやはり美しい女とねたい．あそこには歴史的連想がある，いったいが美術的だ……華美をつくした部屋の中で，もえたつような　もみ裏の，ねるとからだが沈むような　フトンにねて，蘭燈影（らんとう）こまやかなるところ，ひょうびょうたる気持から　ふっと目をあくと，まくらもとに　美しい女が行儀よく　すわっている……いいじゃありませんか？"

"ああ，たまらなくなる！"

"ヨシワラへ行ったら　美人でなきゃあ　いけませんよ．アサクサなら　またなんでもかんでも　肉体の発育のいい，

Organ〔道具〕の完全なヤツでなくちゃあ　いけない……"

　ふたりは　1時間ちかくも　その'ひょうびょうたる気持'や，モリオカの　ある女学生でヨシワラにいるという　クジなにがしのことを語って　ねた．

26 日　月曜日

　目をさますと　火ばちの火がきえていた．頭の中がジメジメしめっているような　心持だった．

　なんとかして　明るい気分になりたい　というようなことを　考えているところへ　ナミキ君のハガキがついた．

　それを見ると　予の頭はすっかり暗く，冷たく，しめりかえってしまった．借りて質に入れてある時計を　今月中に返してくれまいか　というハガキだ．

　ああ！　けさほど予の心に　死という問題が　直接に迫ったことがなかった．きょう　社に行こうか行くまいか……いや，いや，それよりもまず　死のうか死ぬまいか？……そうだ，この部屋ではいけない．行こう，どこかへ行こう……

　湯に行こうという考えが起こった．それは　自分ながらこの不愉快な気分に　たえられなかったのだ：先日行ったときの　いい気持が思い出されたのだ．とにかく　湯に行こう．そしてから　考えることにしよう．そして予は　ダイマチの湯屋に行った．その時までは　まったく死ぬつもりでいたのだ．

湯の中は　気持がいい．予はできるだけ長く　そこにいようと思った．ここさえ出れば　恐ろしい　問題が待ちかまえていて，すぐにも死ぬか　なにかせねばならぬようで，あたたかい湯につかっているあいだだけが　自分のからだなような気がした．予は長くいようとした．しかし　案外に早くからだも洗わさってしまう．どうしよう！　あがろうか？　それとも　も少し入っていようか？　あがったら　いったいどこに行こう？

　ガラス戸ごしに　番台の女が見える．それは去年　この湯によく行ったころいた娘，このあいだ行ったときは　どうしたのか見えなかった．鼻の低い，しかしながら血色のいい，男ずきらしい丸顔の女であったが，この1年たらずのあいだに　人が変わったかと見えるくらい　太っている．娘ざかりの火のような圧迫に　からだがうずいているように見える……．この女の肉体の変化は　予をして　いろいろの空想をおこさしめた．

　出ようか出まいか　と考えていると――死のうか死ぬまいか　という問題が，出ようか出まいか　の問題にうつって，ここに予の心理的状態が変化した．水をかぶって　あがったとき，予の心は　よほど軽かった．そして体量をはかると12貫200匁あった．先日より400匁ふえている．

　タバコに火をつけて　湯屋を出ると，湯あがりのはだに空気が心地よくさわる．書くのだ！　という気がおこった．そしてマツヤへ行って　原稿紙を買った．

1909年4月26日

　部屋へ帰って　まもなく　ミヤザキ君の手紙がついた．
　予は……！　ミヤザキ君は，6月になったら　予の家族をトウキョウに　よこしてくれるという．旅費もなにも心配しなくてもいい　という．……

　きょう，予はまったく自分の気分を　明るくしようしようということばかりに努めて　日をおくったようなものだ．頭が少し痛くって　ややもすると　世界が暗くなるような気がした．
　社から帰ってきて　メシを食っていると　キンダイチ君がきた．やはり勉強したくない晩だ　という．
　"今夜だけ遊ぼう！"
　そして　ふたりは8時ごろ　うちを出て，どこへ行こうとも言わずに　アサクサへ行った．電気館の活動写真を見たが興がないので　まもなく出て，そして'トウエン'を歩いた．なぜか美しい女が　たくさん目についた．とあるところへ引っぱりこまれたが，そこからはすぐに逃げた：そしてまた別のところへ入ると，'Gesture〔身ぶり〕'に富んだ女が　しきりに　なにかおごってくれ　という．'やすけ'を食った．
　'シンマツミドリ！'それは　いつかキタハラと入って　酒をのんだところだ．ふたりは10時半ごろに　そこへ入った．タマコという女は　予の顔に見おぼえがある　といった．美しくて，そして品のある（ことばも）女だ．その女が　しきりにその境遇についての不平と　おかみのひどいことと，自分

の身の上とを語った．予は壁にかけてある　サミセンの糸をつめではじき，はてはそれを取りおろして　おどけたまねをした．なぜ　そんなまねをしたか？　予は　浮かれていたのか？

　いな！　予はなんということもなく　わが身のおきどころが　世界中になくなったような　気持におそわれていた．"頭が痛いから　今夜だけ遊ぼう！"それはウソにちがいない．そんなら　なにを予は求めていたろう？　女の肉か？　酒か？　おそらく　そうではない！　そんなら　なにか？　自分にもわからぬ！

　自意識は　予の心を深い深いところへ　つれていく．予はその恐ろしい深みへ　沈んでいきたくなかった．うちへは帰りたくない：なにか　いやなことが予を待ってるようだ．そしてホンゴウがバカに遠いところのようで，帰って行くのがおっくうだ．そんなら　どうする？　どうもしようがない．身のおきどころのないという感じは，予をして　いたずらにバカなまねをせしめた．

　"わたし，来月の5日に　ここを出ますわ．"とタマコが悲しそうな顔をして言った．

　"出るさ！　出ようと思ったら　すぐ出るにかぎる．"
　"でも　借金がありますもの．"
　"いくら？"
　"入るとき40円でしたが，それが　あんた，だんだんつもって　100円にもなってるんでございますわ．着物だって

1枚もこしらえは　しないんですけれど……."

　予は　もう堪えられなくなるような気がした．泣くか，冗談をいうか，ほかに仕方がないような気持だ．しかし予はそのとき冗談もいえなかった：むろん　泣けなかった．

　帳場では　タマちゃんの悪口をいってる　おかみの声．外には　下びたナニワ節と，ひょうきんな　ひやかし客の声と，空虚なところから出るような　女芸人の歌のふし！

　"浮世小路（こうじ）！　ね！"と予はキンダイチ君に言った．

　酒を命じた．そして予は　3ばいグイグイとつづけざまに飲んだ．酔いはたちまち発した．予の心は暗いふちへ　落ちて行くまいとして　病める鳥の羽ばたきするように　もがいていた．

　いやなおかみがきた．予は2円出した．そして隣室に行って　オエンという女と5分間ばかりねた．タマちゃんが　むかいにきて　先の部屋に行ったときは，キンダイチ君は　横になっていた．予は　ものを言いたくないような気持だった……．とうとう　ふちへ落ちたというような……！

　出た．電車はクルマザカまでしかなかった．ふたりはイケノハタから歩いて帰った．予は友によりかかりながら　言いがたき悲しみの道を歩くような気持：酔ってもいた．

　"酒をのんで泣く人がある，ぼくは　今夜その気持が　わかったような気持がする．"

　"ああ！"

　"うちへ行ったら　ぼくを抱いてねてくれませんか？"

ふたりは医科大学の横の　くらやみを'青い顔'の話をしながら歩いた.

　帰ってきて　門をたたくとき，予は自分の胸をたたいていやな音を聞くような気がした.

27 日　火曜日

　ハッとおどろいて　目をさますと　まくらもとにオキヨが立っていた. 泣きたいくらい眠いのを　がまんして　はね起きた.

　くもった日.

　昨夜のことが　つまびらかに思い出された. 予がオエンという女とねたのも事実だ: そのとき　なんの愉快をも感じなかったのも事実だ. ふたたび予が　あの部屋に入っていったとき，タマちゃんのほおに　かすかに紅を潮していたのも事実だ. そしてキンダイチ君が　帰りの道すがら，ついにあの女とねず，ただ　生まれてはじめて　女と Kiss [キス] しただけだ　と言ったのも事実だ. その道すがら，予は非常に酔ったようなふりをして，おそいくる恐ろしい悲しみから　逃げていたのも事実なれば，その心の底の　なるべく手をふれずに　ソーッとしておきたかった悲しみが，3円の金をむなしく使った　ということであったのも事実だ.

　そして　けさ予は，今後　けっして女のために　金と時間とをついやすまいと思った. つまり仮面だ.

1909年4月27日

　社に行っても 4時ごろまで 予は なにとなく不安を感じていた．それは来月分の25円を　前借しようしようと思って，下まで行きながら　言い出しかねていたからだ．4時には社の金庫がしまる．カン，カン……と頭の上の時計が 4時を打ったとき，予はホッと息をついて　安心した．

　原稿紙をのべて　心をしずめていると　窓ガラスにチラリと赤いかげがうつった．と同時に半鐘の音．8時ごろであった．窓からまむかいのコイシカワに　火事が起こったのだ．火はいきおいよく燃え，どことなく町の底が　さわがしくなった．火！　予は近ごろにない快いものを見るように　窓をあけはなして　ながめた．

　9時半ごろ　電話口へ呼びだされた．相手はキンダイチ君，ナカジマ君らと　ニホンバシのショウカテイという料理屋にきているが，こないかと言う．さっそく出かけた．

　40分も電車にゆられて　目ざすうちに行くと，男4人に若い芸者ひとり，鼻のウチヤマ君が　がらにない声を出して新内かなにかを歌っていた．

　1時間ばかりたって　そこを出，キンダイチ君とふたり電車に乗って帰ってきた．

28 日　水曜日

　がけ下の家では　ノボリをたてた．若葉の風が　風車をまわし，コイと吹きながしを　葉ザクラの上に　泳がせている．
　早く起きて，アザブ・カスミ町に　サトウ氏をたずね，来月分の月給前借のことをたのんだ．今月はダメだから　来月のはじめまで待ってくれ　とのことであった．電車の往復，どこもかしこも　若葉の色が目を射る．夏だ！
　社に行って　なんの変ったことなし．昨夜　最後の1円を不意の宴会に使ってしまって，きょうはまた　財布の中にひしゃげた5厘銅貨が1枚．あすの電車賃もない．

29 日　木曜日

　休むことにした．そして小説"底"を書きはじめた．
　12時すぎても出かけないので　キンダイチ君がきた：
　"あなた，電車賃がなくって　お出かけにならないのじゃありませんか？"
　"いいえ，それもそうですが……許してください．きょうはバカに興がわいてきたんです．"
　"そうですか！　そんなら　せっかく．"
　こう言って　友は出て行った．
　午后　2時間ばかり　サトウ・イセンにじゃまされたほか，予は休みなくペンをうごかした．

そして夜はキンダイチ君の部屋でおくった．

30 日　金曜日

きょうは　社に行ってもタバコ代がはらえぬ．前借はあすにならなくてはダメだ．うちにいると　みそかだから　下からの談判がこわい．どうしようかと迷ったすえ，やはり休むことにした．

"底"を第3回まで書いた．

このごろスミちゃんという，背の低い女の子がきた．年は17だというが，からだは14ぐらいにしか見えぬ．この女が昨夜　ちょっとうちへ行って母親にしかられ，兄になんとか言われて飛び出し，死ぬつもりで　シナガワの海岸まで行ったが，とうとう死なずに　ひとり帰ってきたという．ここまできたときは　3時半ごろだったという．

恐ろしい意志の強い，こましゃくれた，そのくせ　かあいい女だ．"オキョさんは　かあいい子ね．"と自分より年上の女中のことを言う．"それ　なんだっけ——オツネさんか！あのひとの顔は　こんなふうだわね．"とヒョットコのまねをしてみせる．

夜になると　はたしてサイソクがきた．あすの晩まで待たせることにする．

9時ごろ　キンダイチ君が　2円50銭かしてくれた．そのときから　興が去った．ねて，まくらの上で，フタバテイ訳

のTurgenef〔ツルゲーネフ〕の"Rudin〔ルージン〕"を読む．
深い感慨をいだいて眠った．

5　月

トウキョウ

1日　土曜日

　きのうは　1日ぬかのような雨がふっていたが，きょうはきれいに晴れて，久しぶりにフジをながめた．北の風で少し寒い．
　午前は"Rudin. 浮草."を読んでくらした．ああ！　ルージン！　ルージンの性格について考えることは，すなわち予自身が　この世になにも起こしえぬ男である　ということを証明することである……
　社に行くと　サトウ氏は休み：カトウ校正長は　なんでかむくんだような顔をしていた．わざと　きのう休んだ言いわけを言わずに　予もだまっていてやった．
　前借は　しゅびよくいって　25円借りた．今月はこれでもう取るところがない．先月のタバコ代160銭をはらった．
　6時半に社を出た．午前にナミキ君がきて　例の時計の話があったので，その25円の金を　どう処分すればいいか——時計をうけると　宿にやるのがたらなくなり，宿に20円やれば　時計はだめだ——このサマツな問題が　頭いっぱいに

はだかって　容易に結末がつかない．じっさい　このサマツな問題は　死のうか死ぬまいか　ということを決するよりも予の頭に困難を感じさせた．とにかく　これをきめなければうちへ帰れない．

　オワリ町から電車に乗った．それはアサクサ行きであった．
"お乗換えは？"
"なし．"
　こう答えて，予は"また行くのか？"と自分に言った．

　カミナリモンでおりて，そこの牛屋へあがって　夕めしを食った．それから活動写真へ入ったが，ちっともおもしろくない．"スバル短歌号"を雑誌屋で買った．

　"行くな！　行くな！"と思いながら　足はセンゾクマチへ向かった．ヒタチ屋の前を　ソッとすぎて，キンカ亭という　新しい角のうちの前へ行くと　白い手がコウシのあいだから出て　予のソデをとらえた．フラフラとして入った．

　ああ，その女は！　名はハナコ，年は17．ひと目みて　予はすぐそう思った：

　"ああ！　コヤッコだ！　コヤッコをふたつみつ若くした顔だ！"

　ほどなくして予は，お菓子うりのうす汚い　ばあさんとともに，そこを出た．そしてほうぼう　引っぱりまわされてのあげく，センゾク小学校の裏手の　高いレンガべいの下へ出た．細い小路の両側は　戸をしめた裏長屋で，人通りは忘れてしまったようにない：月が照っている．

"浮世小路の奥へきた！"と予は思った．

　"ここに待ってて下さい．わたしは　いま戸をあけてくるから．"とばあさんが言った．なんだか　キョロキョロしている．巡査を恐れているのだ．

　死んだような　1むねの長屋の，とっつきのうちの戸を静かにあけて，ばあさんは　少しもどってきて　予を月影に小手まねぎした．

　ばあさんは　予をその気味悪いうちの中へ入れると，"わたしは　そこいらで　張り番していますから．"と言って出ていった．

　ハナコは　予よりもさきにきていて，予があがるやいなや，いきなり予に抱きついた．

　狭い，汚いうちだ．よくも見なかったが，壁は黒く，たたみはくされて，屋根裏が見えた．そのみすぼらしい有り様を，長火ばちのネコ板の上にのっている豆ランプが　おぼつかなげに　照らしていた．古い時計が　ものうげに鳴っている．

　すすびた　へだてのの障子の影の，2畳ばかりの狭い部屋に入ると，床がしいてあった——少し笑っても　障子がカタカタ鳴って動く．

　かすかな明かりに　ジッと女の顔を見ると，丸い，白い，コヤッコそのままの顔が　うす暗い中に　ボーッと浮かんで見える．予は　目もほそくなるほど　うっとりとした心地になってしまった．

　"コヤッコに似た，じつに似た！"と，いくたびか　同じこ

とばかり　予の心はささやいた．

　"ああ！　こんなに髪がこわれた．いやよ，そんなに　わたしの顔ばかり見ちゃあ！"と女は言った．

　若い女のはだは　とろけるばかり暖かい．隣室の時計はカタッカタッと鳴っている．

　"もう疲れて？"

　ばあさんが　静かにうちに入った音がして，それなり音がしない．

　"ばあさんは　どうした？"

　"台所にかがんでるわ：きっと．"

　"かあいそうだね．"

　"かまわないわ．"

　"だって，かあいそうだ！"

　"そりゃあ　かあいそうには　かあいそうよ．ほんとのひとりものなんですもの．"

　"お前も年をとると　ああなる．"

　"いや，わたし！"

　そして　しばらくたつと，女はまた，"いやよ，そんなにあたしの顔ばかり見ちゃあ．"

　"よく似てる．"

　"どなたに？"

　"おれの妹に．"

　"まあ，うれしい！"と言って　ハナコは予の胸に顔をうずめた．

1909年5月1日

　ふしぎな晩であった．予はいままで　いくたびか女とねた．しかしながら　予の心は　いつもなにものかに　追ったてられているようで，イライラしていた，自分で自分をあざ笑っていた．今夜のように　目もほそくなるような　うっとりとした，ヒョウビョウとした気持のしたことはない．予は　なにごとをも考えなかった：ただうっとりとして，女のはだの暖かさに　自分のからだまで　あったまってくるように　おぼえた．そしてまた，ちかごろは　いたずらに不愉快の感をのこすにすぎぬ交接が，この晩は2度とも　快くのみすぎた．そして予は　あとまでも　なんのいやな気持を残さなかった．

　1時間たった．夢の1時間がたった．予も女も起きて　タバコをすった．

　"ね，ここから出て左へまがって　ふたつめの横町のところで　待ってらっしゃい！" と女は　ささやいた．

　しんとした浮世小路の奥，月影水のごとき水道のわきに立っていると，やがて女が小路のうすぐらい片側を　ゲタの音軽く　駆けてきた．ふたりは　ならんで歩いた．ときどきそばへ寄ってきては，"ほんとに　またいらっしゃい，ね！"

　宿に帰ったのは　12時であった．ふしぎに予は　なんの後悔の念をも起こさなかった．'ヒョウビョウたる気持' がしていた．

　火もなく，床もしいてない．そのままねてしまった．

2日　日曜日

　オタケがきて　起こした．"あのね，イシカワさん，だんなが　いまお出かけになるところで，どうでしょうか，聞いてこいって！"

　"あーあ，そうだ．ゆうべは　あんまりおそかったから　そのままねた．"と言いながら，予は　ねむい目をこすりながら　財布を出して　20円だけやった．"あとは　また10日ごろまでに．"

　"そうですか！"とオタケは冷やかな，しかし　かしこそうな目をして言った．"そんなら　あなた　そのことをご自分で帳場に　おっしゃって下さいませんか？　わたしどもは　ただもう　しかられてばかり　いますから．"

　予は　そのまま　ねがえりをうってしまった．"あーあ，ゆうべは　おもしろかった！"

　9時ごろであった：小さい女中がきて，"イワモトさんという方が　おいでになりました．"という．イワモト！　はてな？

　起きて　床をあげて，呼び入れると　はたしてそれは　シブタミの役場の助役のむすこ——ミノル君であった．宿を同しくしたという　トクシマ県生まれの一青年をつれてきた．

　ミノル君は　ヨコハマにいるおばさんを　頼ってきたのだが，2週間おいてもらったのち，国までの旅費をくれて　出されたのだという．それで，国へは帰りたくなく，ぜひトウ

キョウで　なにか職につくつもりで　3日前にカンダの　とある宿屋についたが，きょうまで予の住所が知れぬので　苦心したという．もひとりのシミズという方は，これもやはりうちとケンカして　飛び出してきたとのこと．

夏の虫は　火にまよって　飛びこんで死ぬ．この人たちも都会というものに幻惑されて　なにも知らずに　飛びこんできた人たちだ：やがて焼け死ぬか，逃げ出すか，ふたつにひとつは　まぬかれまい．予は異様なる悲しみをおぼえた．

予は　その無謀について　なんの忠告もせず，'あせるな，のんきになれ'ということを　くりかえして言った．この人たちの前途には　きっと自殺したくなる時期がくる　と思ったからだ．ミノル君は 2, 30 銭，シミズは 1 円 80 銭しかもっていなかった．

シミズ君と予とは　なんの関係もない．ふたりいっしょにでは　今後ミノル君をすくうとき　困るかもしれぬ．しかし予は　その正直らしい顔の　心ぼそげな表情を見ては　このまま別れさせるには　しのびなかった．

"宿屋の方は　どうしてあるんです？　いつでも出られますか？"

"出られます．ゆうべ払ってしまったんです．……きょうは　ぜひどうかするつもりだったんです．"

"それじゃあ　とにかく　どっか下宿をさがさなくてはならん．"

10 時半ごろ　予は　ふたりをつれて出かけた．そして　ほ

うぼうさがした上で, ユミ町2の8 トヨシマ館という下宿を見つけ, 6畳 ひとまにふたり, 8円50銭ずつの約束をきめ, 手付けとして予は 1円だけおかみにわたした.

それから例のテンプラ屋へ行って 3人でめしをくい, 予は社を休むことにして, シミズを宿へ荷物をとりにやり, 予はミノル君をつれて シンバシのStation〔駅〕まで, そこにあずけてあるという 荷物を受けとりに行った. ふたりが引きかえしてきたときは シミズはもうきていた. 予は3時ごろまでそこで いろいろ話をして帰ってきた. 予の財布はからになった.

きょう 予がミノル君から聞かされた シブタミの話は予にとっては たえがたきまで いろいろの記憶を よびおこさせるものであった. 小学校では ワクイ校長とカナヤのノブコさんとのあいだに 妙な関係ができ, 職員室でヤキモチーケンカをしたこともあるという. そして 去年やめてしまったノブコさんは, どうやら腹が大きくなっていて, ちかごろは少し気が変だ というウワサもあるとか! ヌマダ・セイミン氏は 家宅侵入罪で処刑をうけ, 3カ年の刑の執行猶予をえてるという. そのほかの人たちのウワサ, ひとつとして予の心を ときめかせぬものはなかった——わが'ホタルの女.' イソコも いまは医者の弟の妻になって ヒロサキにいるという!

予の小説 鳥 影 は またあんがい故郷の人に知られている

とのことだ．

　夜，予はイワモトの父に　手紙を書こうとした．なぜか書けなかった．サッポロのチエコさんに書こうとしたが　それも書けず，窓をひらくと　やわらかな夜風が　熱したほおをなでて，カーブにきしる電車のひびきの底から　ふるさとのことが　目にうかんだ．

3日　月曜日

　社には病気届けをやって，1日ねてくらした．オタケのやつバカに虐待する．きょうは1日　火ももってこない．スミちゃんがチョイチョイきては　罪のないことをしゃべっていく．それをラクちゃんのやつめ，うさんくさそうな目をして見ていく．

　いやな日！　絶望した人のように，疲れきった人のように，重い頭をまくらにのせて……客はみな　ことわらせた．

4日　火曜日

　きょうも休む．きょうは1日ペンをにぎっていた．"鎖門一日"を書いてやめ，"追想"を書いてやめ，"おもしろい男？"を書いてやめ，"少年時の追想"を書いてやめた．それだけ予の頭が動揺していた．ついに予は　ペンを投げだした．そして早くねた．眠れなかったのは　むろんである．

夕方であった．ナミキがきたっけ．それからイワモトとシミズがちょっときて行った．やっぱり予は　のんきなことばかり　ならべてやった．

5日　水曜日

きょうも休む．

書いて，書いて，とうとうまとめかねて，"手を見つつ"という散文をひとつ　書きあげたのがもう夕方：マエバシのレイソウ社へおくる．

6日　木曜日

きょうも休む．きのうきょう　せっかくのヤスクニ神社の祭典を　日もすがらの雨．

朝，イワモト，シミズのふたりに起こされた．なにとなくしずんだ顔をしている．

"このままでは　どうもならない！　どうかしなければならぬ！"と予は考えた．"そうだ！　あと1週間ぐらい　社を休むことにして，大いに書こう．それには　ここではいけない．イワモトの宿のあき間に行って，朝っから晩まで書こう．夜に帰ってきて　ねよう．"

そして金ができたら　3人でとりあえず自炊しようと考えた．キンダイチ君にも話して　同意をえた．

原稿紙とインクをもって　さっそくユミ町へ行った．しかし　この日はなんにも書かず，ふたりから　いろいろの話を聞いた．聞けば聞くほど　かあいくなった．ふたりは　ひとつフトンにね，2分シンのランプをともして　その行くすえを語りあっているのだ．

　シミズ・モハチというのも　正直な，そしてなかなかしっかりしたところのある男だ．2年ばかり　チョウセン・ケイジョウの兄の店に　行っていたのを，ぜひ勉強しようと思って　逃げてきたのだという．

　予は　頭の底にうずまいている　いろいろの考えごとを無理におさえつけておいて，ふたりの話を聞いた．シミズはチョウセンの話をする．予は　いつしかそれを熱心になって聞いて，"旅費が　いくらかかる？"などと　問うてみていた．あわれ！

　夜8時ごろ帰ってき，ちょっとキンダイチ君の部屋で話して　帰ってねた．

　きょう書こうと思いたったのは，予が現在において　とりうるただひとつの道だ．そう考えると　悲しくなった．今月の月給は前借してある．どこからも金のはいりようがない．そして来月は　家族がくる……予は　いま底にいる──底！ここで死ぬか　ここからあがって行くか．ふたつに　ひとつだ．そして予は　このふたりの青年を　救わねばならぬ！

7日　金曜日

　7時ごろに起こしてもらって，9時にはユミ町へ行った．そして本を　古本屋へあずけて80銭をえ，5分シンのランプとショウギとタバコを買った．キキョウ屋の娘！

　話ばかりさかえ，それに天気がよくないので，筆はすすまなかった．それでも"宿屋"を10枚ばかり，それから"一握の砂"というのを　別に書きだした．とにかく　きょうはむだには過ごさなかった．夜9時ごろ帰った．キキョウ屋の娘！

　イワモトの父から手紙．なにぶんたのむ　とのこと．それから　クシロのツボ・ジンコのなつかしい手紙，ヒラヤマ・ヨシコのハガキ，サトウ・イセンのハガキなどが　きていた．

8日　土曜日──13日　木曜日

　この6日間　予はなにをしたか？　このことは　ついにいくらあせっても　現在を　ぶちこわすことのできぬ　を証明したにすぎぬ．

　ユミ町に行ったのは，前後3日である．ふたりの少年を相手にしながら　書いてはみたが，思うようにペンがはかどらぬ．10日からは　行くのをやめて　うちで書いた．"一握の砂"はやめてしまって"札幌"というのを書きだしたが　50枚ばかりで　まだまとまらぬ．

社の方は　病気のことにして　休んでいる．カトウ氏から出るように言ってきたのにも　腹が悪いという手紙をやった．そして，きのう，ユミ町へ行くと　ふたりは下宿料のさいそくに弱っているので，イワモトをつかいにやって　カトウ氏にサトウ氏から5円借りてもらい，それを下宿へ払ってやった．キタハラからおくられた"邪宗門"も　売ってしまった．

　シミズには　いろいろ苦言して　予からその兄なる人に直接手紙をやり，本人には　なんでもかまわず　口を求める決心をさせた．イワモトの方は　ヒライデの留守宅へ　書生に周旋かたをたのんでおいた．

　限りなき　絶望のやみが　ときどき予の目を暗くした．死のうという考えだけは　なるべく寄せつけぬようにした．ある晩，どうすればいいのか，急に目の前が　まっくらになった．社に出たところで　しようがなく，社を休んでいたところで　どうもならぬ．予は　キンダイチ君から借りてきてるカミソリで胸に傷をつけ，それを口実に　社を1カ月も休んで，そして自分のいっさいを　よく考えようと思った．そして　左の乳の下を切ろうと思ったが，痛くてきれぬ：かすかな傷がふたつか　みつ　ついた．キンダイチ君はおどろいてカミソリを取りあげ，無理やりに　予をひっぱって，インバネスを質に入れ，例のテンプラ屋に行った．のんだ．笑った．そして　12時ごろに帰ってきたが，頭は重かった．明かりをけしさえすれば　目の前に恐ろしいものが　いるような気がした．

母から　いたましいカナの手紙がまたきた．先月送ってやった　1円の礼がいってある．キョウコに夏帽子をかぶせたいから　つごうがよかったら　金をおくってくれ　と言ってきた．

　このままトウキョウを逃げ出そう　と思ったこともあった．いなかへ行って養蚕でもやりたい　と思ったこともあった．

　つゆちかい陰気な雨が　ふりつづいた．気のくさるいく日を，予はついに1編も脱稿しなかった．

　友人には　たれにも会わなかった．予は　もうかれらに用がない：かれらもまた　予の短歌号の歌を読んで　怒ってるだろう．

　シブタミのことが　ときどき考えられた．

　あんなにひどく心を動かしたくせに，まだ妹にハガキもやってない．イワモトの父にはハガキだけ．うちにもやらぬ．そしてタチバナ・チエコさんにもやらぬ．やろうと思ったがなにも書くことがなかった！

　今夜はキンダイチ君の部屋へ行って　女の話がでた．頭が散っていて　なにも書けぬ．帰ってきて　ヤノ・リュウケイの"不必要"を読んでねることにした．時善と純善！　その純善なるものも　シッキョウなんだ？

　予は　いま予の心になんの自信なく，なんの目的もなく，朝から晩まで　動揺と不安に　おったてられていることを知っている．なんのきまったところがない．このさき　どうなるのか？

あてはまらぬ，無用なカギ！　それだ！　どこへもっていっても　予のうまくあてはまるアナが見つからない！

タバコにうえた．

14 日　金曜日

雨．

サトウ・イセンに起こされた．5人の家族をもって　職をさがしている．

サトウが帰って　シミズがきた．ニホンバシの　ある酒屋の得意まわりに　口があるという．

イワモトをよんで　履歴書をかいてくるように言ってやった．

いやな天気だが，なにとなく心がおちついてきた．社を休んでいる苦痛も　なれてしまって　さほどでない．そのかわり　頭が散漫になって　なにも書かなかった．なんだか　いやに平気になってしまった．

2度ばかり　口の中から　おびただしく血が出た．女中はノボセのせいだろう　と言った．

夜は　'字音仮名づかい便覧'をうつした．

シブタミ村を書こうと思ったが，どうしても　興がわかなかったから　そのままねてしまった．

15日　土曜日

　9時にイワモトに起こされた．イワモトの父から'よろしくたのむ'という手紙がきた．

　きょうの新聞は　ハセガワ・タツノスケ氏(フタバテイ・シメイ)が帰朝の途，船の中で死んだとの報をつたえ，きそって　その徳をたたえ，このなにとなく偉い人を惜しんでいる．

　このごろは　だいぶ寒かったが　きょうから陽気がなおった．雨も晴れた．

　なにもせずに　1日をすごした．ゆるみはてた気の底から，遠からず恐ろしいことを　決行せねばならぬような感じがチラチラうかんでくる．

　夜，ふたりの少年が　やってきた．シミズは　キョウバシの酒屋へ　デッチに住みこむことに　きまって，あすのうちに行く　と言う．

　ふたりが帰って，まもなく，いつかきたっけ　オバラ・トシマロという　ウサギみたいな目をした文士がきて，うんざりしてしまって　ロクに返事もしないでいると，なんのかんのと　つまらぬことを　しゃべり散らして　10時半ごろに帰って行った．

　"ものは考えようひとつです．"とその男が言った："人は50年なり60年なりの寿命を　1日，1日へらして行くように思ってますが，ぼくは　1日1日新しい日をたして行くのが

Life〔人生〕だと思ってますから，チッとも苦しくも　なんとも思わんです．"

"つまり，あなたのような人が　幸福なんです．あなたのように，そうゴマカして安心して行ける人が……"

11時ごろ，キンダイチ君の部屋に行って　フタバテイ氏の死について語った．友は　フタバテイ氏が文学をきらい——文士といわれることを　きらいだったというのが　解されないと言う．あわれなるこの友には　人生の深い憧憬(どうけい)と苦痛とは　わからないのだ．予は　心にたえられぬ　さびしさを抱いて　この部屋に帰った．ついに，人はその全体を知られることは難い．要するに　人と人との交際はうわべばかりだ．

たがいに知りつくしていると思う友の，ついに　わが底のなやみと苦しみとを　知りえないのだ　と知ったときの　やるせなさ！　別々だ，ひとりびとりだ！　そう思って予は言いがたき悲しみをおぼえた．予は　フタバテイ氏の　死ぬときの心を想像することができる．

16日　日曜日

おそく起きた．雨がふりこめて　せっかくの日曜が台なし．

キンダイチ君の部屋へ行って，とうとう，説きふせた．友をしてフタバテイを了解せしめた．きょうもイワモトがきた．

社にも行かず，なにもしない．タバコがなかった．つくねんとして　また　いなか行きのことを考えた．国の新聞を出

してみて いろいろと地方新聞の編集のことを考えた.

夕方 キンダイチ君に 現在の予の心を語った."予は都会生活に適しない."ということだ. 予は まじめに いなか行きのことを語った.

友は泣いてくれた.

いなか！ いなか！ 予の骨をうずむべきところは そこだ. おれは都会のはげしい生活に 適していない. 一生を文学に！ それはできぬ. やってできぬことではないが, 要するに 文学者の生活などは 空虚なものにすぎぬ.

17日 月曜日

午前は すさましいばかり風がふいた. 休む. 午后, イワモトがちょっときて行った.

きょうの新聞は フタバテイ氏が Nihilist〔ニヒリスト〕であったことや, ある身分いやしい女に関した逸話をかかげていた.

ひるめしまで タバコをがまんしていたが, とうとう, "あこがれ" と ほか2, 3冊をもって イクブンドウへ行き, 15銭に売った. "これは いくらなんだ？" と予は "あこがれ" をさした.

"5銭――ですね." と肺病患者らしい本屋のあるじが言った. ハ, ハ, ハ……

きょうも予は いなかのことを考えた. そして それだけ

のことに日をおくった．"いかにして　いなかの新聞を経営すべきか？　また，編集すべきか？"　それだ！

この境遇にいる　この予が1日なにもせずに，こんなことを考えて　くらしたということは！

夜　まくらの上で'新小説'を読んで　少しく思いあたることがあった．"National life〔国民生活〕！"　それだ．

31日　月曜日

2週間のあいだ，ほとんどなすこともなく過ごした．社を休んでいた．

シミズの兄から　手紙はきたが，金は送ってこない．

イワモトの父から　2,3度手紙．

クシロなるコヤッコからも手紙がきた．

予はどこへも——ハコダテへも——手紙を出さなかった．

"岩手日報"へ，"胃弱通信"5回ほど書いてやった．それはモリオカ人の眠りを　さますのが目的であった．反響はあらわれた．"日報"は"モリオカ繁栄策"を出しはじめた．

死刑を待つような気持！　そう予は言った．そして毎日ドイツ語をやった．べつに，いろいろ工夫して，地方新聞のヒナガタをつくってみた．じっさい，地方の新聞へ行くのが一番いいように思われた．むろんそのためには　文学をすててしまうのだ．

1度，洋画家のヤマモト・カナエ君がきた．写真通信社の

はなし．

　みそかはきた．
　だまって　うちにもおられぬので，午前に出かけて　羽織——ただ1枚の——を質に入れて　70銭をこしらえ，午后，なんのあてもなく　ウエノからタバタまで汽車に乗った．ただ汽車に乗りたかったのだ．タバタで畑の中の知らぬ道をうろついて　土の香をあかず吸った．
　帰ってきて　宿へ申しわけ．
　この夜　キンダイチ君の顔の　あわれに見えたったらなかった．

6 月

　　　　　　　　　　　　　　　　　　　トウキョウ

1日　火曜日

　午后，イワモトに手紙をもたしてやって，社から今月分25円を前借りした．ただし　5円はサトウ氏に払ったので　手どり20円．

　イワモトの宿に行って，シミズとふたりぶん先月の下宿料(6円だけ入れてあった．)13円ばかり払い，それからふたりでアサクサに行き，活動写真を見てから　西洋料理を食った．そして小遣い1円くれて　イワモトにわかれた．

　それから，なんとかいう若い子供らしい女とねた．そのつぎには　いつか行ってねた　コヤッコに似た女——ハナ——のとこへ行き，変なうちへおばあさんと行った．おばあさんは　もう69だとか言った．やがてハナがきた．ねた．なぜか　この女とねると楽しい．

　10時ごろ帰った．雑誌を5,6冊買ってきた．残るところ40銭．

はつかかん

(床屋の2階に移るの記.)

　　　　　　　　　ホンゴウ・ユミ町2丁目
　　　　　　　18番地　アライ(キノ床)方

　髪がボウボウとして，まばらなヒゲも長くなり，われながらイヤになるほど　やつれた．女中は肺病やみのようだと言った．下剤を用いすぎて弱ったからだを　10日の朝まで　3畳半によこたえていた．書こうという気は　どうしても起こらなかった．が，キンダイチ君と議論したのが　縁になって，いろいろ文学上の考えを　まとめることができた．

　イワモトがきて　予の好意を感謝すると言って泣いた．

　10日の朝，モリオカから出した　ミヤザキ君とセツコの手紙を　まくらの上で読んだ．7日にハコダテをたって，母はノヘチにより，セツコとキョウコは　友とともに　モリオカまできたという．予は思った："ついに！"

　ミヤザキ君から送ってきた15円で　ホンゴウ・ユミ町2丁目18番地の　アライという床屋の2階ふた間を借り，下宿の方は，キンダイチ君の保証で　119円余を10円ずつの月賦にしてもらい，15日に　たってくるように　家族に言いおくった．

15日の日に ガイヘイカンを出た．荷物だけを 借りたうちにおき，その夜はキンダイチ君の部屋に とめてもらった．異様な別れの感じは ふたりの胸にあった．別れ！

16日の朝，まだ日ののぼらぬうちに 予とキンダイチ君とイワモトと 3人はウエノstation〔駅〕のPlatform〔プラットホーム〕にあった．汽車は1時間おくれて着いた．友，母，妻，子……車で新しいうちに着いた．

1909

〔4月3日〕

　キタハラ君のおばさんがきた．そして　かれの新詩集"邪宗門"を1冊もらった．

　電車賃がないので　社を休む．夜2時まで"邪宗門"を読んだ．美しい，そして特色のある本だ．キタハラは幸福な人だ！

　ぼくも　なんだか詩を書きたいような心持になって　ねた．

〔4月4日〕

　晴れた，春らしい日だった．午后，ひさしぶりにハクサン・ゴテンに　オオタ君をたずねた．そして1円借りた．2,3日前のこと，7,8人の画家や詩人が　とあるところで飲んだとき，クラタ・ハクヨウという画家は　とうとうシクシク泣き出したそうだ——4時ごろからアサクサへ行って，活動写真を見，帰りにウエノへよったが，サクラはうす赤く　つぼみがふくらんでいた．

　夜，ヤマシロ・セイチュウがきた．少し酔っぱらっていたようだった．ぼくは　今夜はじめて鉄のような心をもって

人にたいしてみた．ヤマシロ君は　失望したような顔をして，帰って行った．

　From Setu-ko〔セツコから〕．

〔4月5日〕

　"スバル"第4号がきた．モリ先生のはじめての現代劇"仮面"を読んだ．

　夜，ひさしぶりで　アベ・ゲツジョウ君が　たずねてきた．シナへ行ってきたのだ　と言っていた．いまは　中央大学へ行ってるとか．あい変らず　ほらを吹いてる　おもしろい男だ．

　……豆もやし……真綿──（ハチロウ・ガタ──ヨード──綿──ソーダ──カルス──トウキョウ・ふとん屋組合から　年300万貫(1貫per〔につき〕17銭)の約束．権利6万円．──ねじ抜き──

　Abe's residence〔アベの住所〕アオヤマ・ハラシュク，214．

〔4月6日〕

　くもり，雨．暖．

　朝9時ごろ，オタケがきて　ちっと下へきてくれ　と言う．朝っぱらから　なんのことだ！　下宿の主人からの談判だ．きょう中に返事すると言った．

キタハラ君を　たずねようかと思ったが，そのうちに12時ちかくなったので，ごぶさたの　おわびをかねて，"邪宗門"についての手紙をやった．——"邪宗門"には　まったく新しい　ふたつの特長がある：そのひとつは'邪宗門'ということばの有する連想　といったようなもので，もひとつは　この詩集にあふれている　新しい感覚と情緒だ．そして，前者は　詩人ハクシュウを解するに　もっとも必要な特色で，後者は　今後の新しい詩の基礎となるべきものだ……．

　ふったり晴れたりする日であった．社で今月の給料のうちから　18円だけ前借した，そして帰りにアサクサへ行って活動写真を見，トウカエンをイヌのごとくうろつき廻った．バカな！

　12時帰った．そして10円だけ　下宿へやった．

　To Mr. Kitahara〔キタハラ氏へ〕．

1911

〔10 月 28 日〕

　"女に読ませる週刊新聞を出したい！" これが　わたしの このごろの空想の題目である．

〔10 月 29 日〕

　朝にミツコから手紙がきた．着物を送らなかったのは悪い；しかし　しかたがなかったのだ．不愉快な気持で　返事を書いた．
　午后，マルヤがきて　2時間ばかりも　いろいろの　せけん話をした．ひさしぶりの来客だった．ふたりの心は，いっそう近づくべきような機会から　かえってはなれた．あたらずさわらずの話の中から，'女というものは　度しがたいものだ' ということばが　わたしの心に残った．
　ミツコの教師，トバ・フキコという人から，なにか　みまいの品を送ったという　ていねいな手紙がきた．

[10月30日]

　あさってが大掃除だというので，きょう午前のうちに　タタミを縁側にもち出して，ホコリをたたいた．疲れて　からだの方々が痛み，午後になったら　37°,85の熱が出た．

　机の位置を，障子の前から西側の小窓のところへ移した．なにとなく，部屋が新しく，広くなったようで，気持がよい．大掃除！　大掃除！──こんなことを思った；わたしも　わたし自身の大掃除を　やらなければならないのだが……．

　日がくれてまもなく，高等師範のチョウチン行列を見るといって　セツコが母とキョウコをつれて　出て行ったが，雨がふってきたので　カサをもって　むかいに行った．

[10月31日]

　こないだじゅう，胸の痛かったのは　なおってしまったが，セキだけはやっぱり出る；もっとも　胸にひびくことは　さほどでなくなった．

　さびしい　みそか！　セツコは病院に行った帰りに，カサを質屋において　50銭借りてきた．わたしは　きょうはなにとなく不愉快であった．

　セツコも胸が悪い（それが　この2,3日よかった）と言ってねていた．夜，まだ9時になったか，ならぬかのころに　もうねてしまった．

索　引

A

Abe Getujô　（アベ　ゲツジョウ）　　114 ; 226

Akihama Kiyoko　（アキハマ　キヨコ）　61 ; 173

Akiko　（与謝野晶子　1878-1942）　啄木は1902(明35)年11月盛岡中学を退学して上京したとき，初めて会った．啄木は終生変らぬ敬慕の念をいだいていた．　　37, 42, 76 ; 150, 155, 188

"Akogare"　（『あこがれ』）　啄木の処女詩集．1905(明38)年5月3日，小田島書房刊行．　　22, 107 ; 135, 218

Arai　（新井勘司）　群馬県前橋で麗藻社をおこし，1909(明42)年5月15日，雑誌『おち栗』を刊行．啄木はこれに「手を見つつ」を寄稿した．　　39 ; 152

Arai　（新井こう）　本郷弓町の床屋喜之床の主人．啄木一家は，ここの2階で1909(明42)年6月16日から1911年8月6日まで，生活した．　　110 ; 222

Awomi　（碧海康温）　37 ; 151

D

Doppo　（国木田独歩　1871-1908）　小説家，詩人．『独歩集第二』は独歩の第5文集で，1908(明41)年，独歩の没後，彩雲閣から刊行．56, 74 ; 168, 187

E

Evance　（Miss Anna）　看護婦，聖公会伝道婦．函館のコルボン病院に勤務するかたわら伝道を行っていたが，院長コルボンが病にた

おれ千葉房総に去ったため旭川赤十字病院へ移った．信仰の指導を受けていた，啄木の妹光子はこれに同行した．後 1914(大正3)年，金田一京助がユーカラ研究のため，旭川近郊の近文のアイヌ部落で会った金成マツは，Evance に指導を受けた聖公会の伝道婦であった．啄木の死後，節子が金田一，光子のすすめによって，一時身をよせた房総の結核療養所はコルボン夫人が開設したものである． 60 ; 172

F

Futabatei （二葉亭四迷：長谷川辰之助 1864-1909） 小説家，翻訳家．啄木は，1910(明43)年から刊行が始まる「二葉亭四迷全集」(全4巻，東京朝日新聞社)に協力した． 88, 104-106 ; 199, 216-218

G

Gaihei-kan-Besso （蓋平館別荘） 下宿屋，赤心館から追いたてをくった啄木は，金田一とともにここに移り，1908(明41)年9月6日から翌年6月16日まで止宿． 9, 111 ; 123, 223

Gorky （マクシム・ゴルキー 1868-1936） ロシアの文学者．このころ二葉亭四迷らが短篇を多く訳出していた． 55 ; 167

H

Hinosawa （ヒノサワ） 14-15 ; 128

Hiraide （平出修 1878-1914） 歌人，小説家，弁護士．雑誌『スバル』の事務所を自宅におき，主として財務を担当した．大逆事件の弁護人となった．啄木は幸徳秋水の平出宛獄中書簡を閲覧・筆写する機会を得て 'A LETTER FROM PRISON' を書いた． 36, 70, 73, 101 ; 149, 182, 185, 213

Hirano （平野万里 1855-1947） 歌人．『明星』廃刊(1908年11月)

後，啄木，吉井勇とともに『スバル』を創刊，編集．第2号で短歌の扱いをめぐって啄木と争い訣別．　42 ; 155

Hirayama Yoshiko　(平山良子＝平山良太郎　1886-1932)　『明星』『スバル』の読者，大分県臼杵のアマチュア歌人．女性と偽って啄木に和歌の添削を求めていた．『スバル』第5号の啄木選の「秋」に2首入選している．　76, 100 ; 188, 212

Hotta Hideko　(堀田秀子　1885-1954)　啄木の渋民小学校在職中の同僚．　23 ; 136

I

Isoko　(佐々木もと子)　妹光子の渋民小学校時代の同級生．瀬川病院の次男貞司と結婚．いそ子は別名．　97 ; 208

"一握の砂"　啄木のエッセイ断片．　100-101 ; 212

Iwamoto　(岩本実)　94-104, 106-107, 109-111 ; 206-210, 212-219, 221-223

"Iwate Nippô"　(『岩手日報』)　啄木との関係はふるく，盛岡中学時代までさかのぼる．「胃弱通信」は，1909(明42)年5月26日から6月2日までに4回掲載されたエッセイ．　108 ; 219

J

Jinbo　(神保格　1883-1965)　言語学者，音声学者，1908年東京大学言語学科卒業，東京高等師範学校・東京教育大学教授．　55 ; 168

K

Kanaya Nobuko　(金矢ノブ子＝和久井ノブ子)　渋民村の大地主の娘．妻節子とは高等小学校以来の親友．　96 ; 208

Kanaya Shichirô　(金矢七郎)　啄木が盛岡中学時代に加わっていた

234　　　　　　　　　索　　引

　短歌会「白羊会」の会員.　　66 ; 177

Katô　(加藤四郎　1864-1933)　東京朝日新聞の校正係主任. 1891
　(明24)年から1922(大正11)年まで在職.　　73, 89, 101 ; 185, 201,
　213

Katsu　(石川カツ　1847-1912)　啄木の母.　　44 ; 157

Kimura　(木村益太郎)　東京朝日新聞の校正係. 1901(明34)年か
　ら在籍していた.　　11, 71 ; 125, 183

Kindaiti　(金田一京助　1882-1971)　言語学者. ユーカラの研究
　で文化勲章を受けた. 盛岡中学時代から生涯にわたる啄木の親友.
　12-13, 16-19, 21-22, 35-37, 47-48, 51-56, 60, 64, 67, 70-74, 77-78, 81,
　83-87, 99, 101-102, 105-106, 108, 110-111 ; 126, 130-132, 134-135,
　148-149, 151, 159-161, 163-166, 168, 171, 176, 179, 182-184, 186, 189-
　190, 193, 195-199, 210-211, 213-214, 217-218, 220, 222-223

Kitahara　(北原白秋　1885-1942)　詩人, 歌人. 啄木には1908(明
　41)年5月2日の観潮楼歌会で初めて会い親交を深めた. 『邪宗門』
　は, その処女詩集で1909年3月刊行.　　82, 101, 113-115 ; 193,
　213, 225, 227

Kobayashi　(小林和吉)　1903年, 15歳で東京朝日新聞社の給仕に
　採用され, 6年つとめた. のち速記者となった.　　65 ; 177

Koyakko　(小奴, 坪じん : 近江じん　1890-1965)　啄木の釧路時代
　に交渉があった芸妓.　　23, 90-92, 100, 107, 109 ; 136, 202-203, 212,
　219, 221

Kunikida Doppo　→Doppo

Kurata Hakuyô　(倉田白羊　1881-1938)　画家,「パンの会」同人.
　113 ; 225

Kyôko　(石川京子　1906-1930)　啄木の長女. 京子という名は金田
　一京助の名にちなむ.　　12, 22, 39, 44, 50, 58-59, 102, 110, 117 ; 125,
　135, 152, 157, 163, 170-171, 214, 222, 229

索引　　　235

M

Maekawa　（マエカワ）　　71, 73 ; 183, 185

Maruya　（丸谷喜一　1887-1974）　経済学者．函館生まれ．啄木は函館時代に知った．神戸高等商業を卒業し，1910(明43)年上京，東京高等商業専攻部に入学．以後啄木と親交をつづけた．　116 ; 228

"莫復問"(70首)　（また問うなかれ）『スバル』第5号に発表された短歌．　72 ; 184-5

Mishina　（三品長三郎　1858-1936）　はじめ工部省につとめたが，柳亭種彦の弟子となり，蘭渓と号して新聞小説を書き，1896(明29)年東京朝日新聞に入社，18本の続き物を連載した．1930年まで在籍．昭和11年12月26日死．　65, 73 ; 177, 185

Mituko　（三浦光子　1888-1968）　啄木の妹．Evance の指導をうけた．名古屋の聖使女学院卒業後，聖公会の伝道婦として全国を伝道．1923年牧師三浦清一と結婚，晩年は夫の後を継ぎ，神戸愛隣館館長として福祉事業に従事した．　34, 60, 62-64, 116 ; 147, 172, 174-175, 228

Miyanaga Sakiti　（ミヤナガ　サキチ）　　12 ; 126

Miyazaki　（宮崎大四郎：郁雨　1885-1962）　歌人，実業家．啄木が函館時代にえた親友．その妻は節子の妹．啄木一家を物心両面で支えた．最晩年，啄木と義絶したがその没後は函館啄木会を結成，石川一族のためをはかった．　43, 53, 81, 110 ; 156, 165, 193, 222

Mokichi　（斎藤茂吉　1882-1953）　歌人．啄木とは1909(明42)年1月9日の観潮楼歌会で会う．歌論「短歌に於ける四，三調の結句」（『アララギ』2号，1908年刊）をすでに発表していたが，モキチイズムについては不詳．　55 ; 167

"Mokuba"　（「木馬」：「ホウ」）　小説草稿，未完．　47-48, 52 ; 159, 161, 165

Mori （森林太郎：鷗外　1862-1922）　文学者，軍医．啄木は，1908 (明41)年5月2日鷗外宅の観潮楼歌会で面識を得た．　114；226

N

Naganuma　（ナガヌマ）　71；183
Nakajima Kotô　（中島孤島　1878-1946）　小説家，翻訳家，評論家．このころ文壇知名の士で，雑誌『新小説』の「読書余録」の欄を担当していた．啄木の小説「道」は，孤島の好意によって『新小説』(1910年4月)に載った．　47-48, 85；160-161, 197
Nakamura　（中村翥：古峡　1881-1952）　小説家，医師．1909(明42)年7月東京大学英文科卒業．杉村楚人冠の知遇を得て，在学中から朝日新聞に外電の助手として働いていた．正式には，1909年から1913年まで勤務．　70；182
Namiki　（並木武雄　1888-？　）　啄木と函館時代に知り合う．1908年啄木の上京に先だって東京外国語学校に入学していた．啄木の死まで親交をつづけた．　54-55, 79, 89, 98；167, 191, 201, 210
Numada Seimin　（ヌマダ　セイミン）　96；208

O

Obara Toshimaro　（オバラ　トシマロ）　104；216
Ôta　（太田正雄：木下杢太郎　1885-1945）　詩人，医学者．『明星』同人．「パンの会」の組織者．啄木は吉井勇の紹介で1908(明41)年10月7日に知り合い，以後急速に交渉が深まった．　74, 113；186, 225
Ôtake　（大竹敬造）　啄木が代用教員として務めていた函館の弥生小学校の校長．　21；135
Ozaki　（尾崎行雄　1859-1954）　政治家．啄木は1904(明37)年から翌年にかけて東京に滞在するが，このとき，北品川東海寺跡の借家

に，当時東京市長であったこの政治家を訪ねたらしい．処女詩集『あこがれ』には尾崎宛の献辞がある．　23；136

P

'Pan-no-Kwai'（「パンの会」 1908-1912）　耽美派の若い文学者，美術家（木下杢太郎，北原白秋，高村光太郎，石井柏亭，山本鼎ら）による芸術運動．啄木は1909(明42)年2月27日の会に1度だけ出席した．　36；149

S

"Sakaushi-kun no Tegami"（「サカウシ君の手紙」；「小使トヨキチ」）　坂牛孫七をモデルにした小説断片．　65-66；176-178

Sakausi（坂牛孫七）　盛岡高等小学校での啄木の同級生．1910(明43)年京都大学理工学部卒業．なお盛岡ではサコオシと発音していた．　13；126

"札幌"　未完の小説．　101；212

Satô（佐藤真一：北江　1868-1914）　東京朝日新聞編集長．啄木は，同郷の先輩ということだけをたよって入社を頼んで採用された．欠勤，前借などの多い啄木をかばった．　47, 75, 86, 89, 101, 109; 159, 187, 198, 201, 213, 221

Satô Isen（佐藤厳：衣川）　啄木の『釧路新聞』の同僚．「病院の窓」のモデル．　87, 100, 103；198, 212, 215

Sekishinkan（赤心館）　本郷菊坂にあった下宿屋．釧路から東京に来た啄木は，1908(明41)年5月4日から同年9月6日まで金田一と共にここで暮らした．　68；180

Setuko（石川節子　1886-1913）　啄木の妻．このころ，節子は函館市内の宝小学校の代用教員をして家計を支えていた．　39, 44, 48-50, 58-59, 61, 63, 110, 114, 117；152, 157, 161-163, 170-171, 173, 175,

222, 226, 229

Shibanai Kaoru （シバナイ　カオル）　72 ; 184

Shimizu （清水茂八）　95-96, 98-99, 103-104, 107, 109 ; 207-208, 210-211, 215-216, 219, 221

'Shinshôsetsu' （『新小説』）　春陽堂発行の文芸雑誌．このころは後藤寅之助(宙外)が編集・発行人．啄木の「道」を 1910 年 4 月 1 日号に掲載した．　107 ; 219

"底"　未完の小説．　86-87 ; 198-199

"Sokuseki" （「足跡」）　渋民小学校の代用教員時代を題材とした，啄木の自伝的小説．『スバル』2 号(1909 年 2 月刊)に発表した．73 ; 186

'Subaru' （『スバル』）　文芸雑誌．『明星』の廃刊後，森鷗外を指導者にあおぎ，1909(明 42)年 1 月から 1913 年 12 月までに全 60 冊を刊行した．啄木は，最初の 1 年間，その編集兼発行人だった．彼の作品の多くがここに発表された．　57, 65, 72, 90, 114 ; 169, 177, 185, 202, 226

T

Tada （多田綱宏）　啄木の盛岡中学時代の校長．1901 年 2 月ストライキが起り，引責，休職・転任となった．啄木はその中心人物．72 ; 184

Tatibana Tieko （橘智恵子　1889-1922）　啄木の函館弥生小学校代用教員時代の同僚．1910(明 43)年 5 月，北村家に嫁す．歌集『一握の砂』には彼女を詠んだ短歌が多い．　11, 21, 73, 97, 102 ; 125, 134-135, 185, 209, 214

Tengwai （小杉天外　1865-1952）　小説家．「長者星」は，実業界の実態を描こうと試みた，その野心作．　67 ; 179

Toba Hukiko （鳥羽ふき子）　116 ; 228

索　引

"追想"　小説草稿.　　　98 ; 209

Turgenev: Turgenef　（ツルゲーネフ　1818-1883）　ロシアの文学者.
　余計者を描いた「ルージン(うき草)」(二葉亭訳)は1908(明41)年文
　淵堂から刊行され，自然主義作家たちに大きな影響を与えた.
　13, 88 ; 127, 200

"鳥影"　小説.　東京毎日新聞に1908(明41)年11月1日から12月30
　日まで掲載.　　　97 ; 208

"Tyûô-kôron"　（『中央公論』）　雑誌.　1909年4号は，春季大附録号
　で，徳田秋声，真山青果，正宗白鳥らの小説が別冊に載っていた.
　23 ; 136

U

Uchiyama Shun　（ウチヤマ　シュン）　　47-48, 86 ; 160, 197

Ueda Bin　（上田敏　1874-1916）　詩人，評論家．京都帝国大学教授.
　啄木は，1905(明38)年の新詩社新年会で会った．啄木の歌集『あこ
　がれ』には序詩を寄せている.　　　67, 74 ; 179, 186

W

Wakazono　（若園吉雄）　1910(明43)年京都大学医学部卒．硬式テ
　ニス部部員だった.　22 ; 135

Wakui　（和久井敬二(次)郎）　渋民小学校校長を1907(明40)年6月
　～1909年11月と1916年5月～1924年3月と2度勤めた．金矢の
　ぶ子と結婚したらしい.　　　96 ; 208

Y

"宿屋"　小説草稿.　　　100 ; 212

Yamakawa Tomiko　（山川登美子　1879-1909）　歌人．与謝野晶子，
　茅野(増田)雅子とともに『明星』の三女流と称された.　　　76 ; 188

索引

Yamamoto Kanae (山本鼎 1882-1946) 画家. 啄木は 1909(明42)年 2 月 27 日の「パンの会」で会った. 108; 219

Yamasiro Seichû (山城正忠) 113; 225-226

Yano Ryûkei (矢野竜渓 1850-1931) 小説家, 政治家.『経国美談』は一世を風靡したが, このころは社会主義思想に関心を示していた.「不必要」は, 40 の短文を重ねた日録風の小説で 1907(明40)年春陽堂から出版. 103; 214

Yosano (与謝野鉄幹 1873-1935) 歌人. 1900(明33)年新詩社を結成, 1901 年『明星』を創刊した. 1902 年 11 月, 初めて上京した啄木は新詩社の会合で対面した. 36, 41-42, 76-77; 149, 154-155, 188-189

Yosano Akiko →Akiko

Yosii (吉井勇 1886-1960) 歌人. 啄木は, 1908(明41)年 5 月の観潮楼歌会で初めて会い, 交渉は急速に深まり, また急速に冷えた.『スバル』創刊後, 断絶は決定的となった. 36, 42, 76; 149, 155, 188

解　　　説

1

　石川啄木(1886-1912)は，死後半世紀以上を経過しているのに，今なお多くの読者をもっている．好評は日本国内のみにとどまらず，ソ連の教科書には彼の文章が採用されており，ドナルド・キーン博士訳編の Modern Japanese Literature —an anthology compiled and edited by Donald Keene (Grove Press, Inc., 1956)で，アメリカ人に最も好評だったのが，啄木の"ローマ字日記"であった．

　なぜ人々は啄木を愛読することをやめないのか．そこに純粋な青春があるからである．彼自身の実生活は貧困と結核によって虫ばまれたが，彼の青春性はそれによって腐敗することなく，かえって強度をつよめられたように見える．自由，恋愛，友情，反抗，野心，そして真理と快楽の追求，こうした青春的諸価値が，現実における実現困難性によって密度を加えられ，作品中に甘美な切実さをもって開花するのである．そして私たちは，日本の古典に青春の文学というべきものをほとんどもたなかっただけに，一層その魅力に打たれる．その魅力は直接的な迫力をもつので，技巧の存在に気づかしめ

ないが，技巧派の北原白秋も，吉井勇も，そして萩原朔太郎も，啄木の技巧には脱帽していたのであった．彼は青春の天才といってよい．

　啄木の生涯は周知であり，また岩波文庫版『啄木歌集』にもくわしい伝記があるので，あえて繰りかえさず，ここには，かつて『啄木案内』(「啄木全集」別巻，岩波書店，1954)に書いた「啄木の日記」に若干の修正を加えて解説とする．

2

　啄木の日記は，明治35年(1902)10月，17歳ではじめて東京に出るところから，同45年4月13日，27歳をもって病気と貧困とのうちに窮死する直前の2月20日まで，およそ10年間にわたっている．最後は「……金はドンドンなくなつた．母の薬代や私の薬代が1日約40銭弱の割合でか〻つた．質屋から出して仕立直しした袷と下着とは，たつた一晩家においただけでまた質屋へやられた．その金も尽きて妻の帯も同じ運命に逢つた．医者は薬価の月末払を承諾してくれなかつた．母の容態は昨今少し可いやうに見える．然し食慾は減じた」というところで終っている．それから2週間後に母は死に，さらに1月後には啄木自身もその後を追うのであるから，このあとが欠けているのは当然だが，そのほかにも執筆しなかった期間，紛失ないし破棄された部分があって，ずっと続いているわけではないが，丹念な仕事といえる．もっともこ

れはたんに啄木の性格というより，一般に明治の人は私たちとちがって，日記をつけることに一種の道徳的義務のようなものを感じていたふしがあり，その風潮とあわせ考えねばなるまい．

　この日記は，啄木が金田一京助に「あなたに遺すから，あなたが見て，わるいと思ったら焚いて下さい．それまででもないと思ったら焚かなくてもいい」といい，また節子夫人が病没前，「啄木は焼けと申したんですけれど，私の愛着が結局そうさせませんでした」といって宮崎大四郎に贈ったところのものである．私たちは，節子がこれを焼かなかったことに心から感謝する．しかし，啄木の日記がこんにち私たちの目にふれるようになったのは，たんなる偶然だ，といい切ることもできない．啄木には死後，その遺志に反しても妻をして日記を焼かしめず，また一たび焼却をまぬがれるや，必ずこれを公刊せしめずにおかぬものがあったのである．それはさしあたり，人の心のうちに愛着を生ぜしめる力といっておいてよかろう．フロベールの手紙類が死後公刊されたとき，愛弟子モーパッサンはプライバシーを守る立場から，これに極力反対した．丸谷喜市，金田一京助らの友人が公刊に反対した気持も，これとひとしく切実ではあるが，それは個人の叫びが歴史の流れをとどめえぬのと同じである．啄木の日記は，残るべくして私たちの手に残った，といってよいであろう．

　この日記は，思想的には，「聖上睦仁陛下は誠に実に古今大

帝中の大帝者におはせり」(明治 40 年 1 月 1 日——以下日付は 40.1.1 のごとく略記する)として「無窮の皇徳を頌する」(40.1.2)ところから，翌年の紀元節には，「今日は，大和民族といふ好戦種族が，(中略)日本嶋の中央を占領して，其酋長が帝位に即き，神武天皇と名告つた紀念の日だ」となり，ついに幸徳秋水に同情し，みずから社会主義者と名のるに至るまでの振幅をおおうわけだが，その発展のあとを理論的にあとづけているのではない．

　一例として，社会主義について見れば，「余は，社会主義者となるには，余りに個人の権威を重じて居る．さればといつて，専制的な利己主義者となるには余りに同情と涙に富んで居る．所詮余は余一人の特別なる意味に於ける個人主義者である」(39.3.20)と，なおどこかに高山樗牛の影響を思わせる境地から，「社会主義者にして，一旦得意の境遇に立つに至れば，昨を忘るる事恰もよべの夢を忘るるが如し」という他人の言葉に付和して，「社会主義その者の性質を最も露骨に表白する者にあらざるか」(40.1.15)と疑う段階をへて，北海道に渡ってからもなお，「所謂社会主義は予の常に冷笑する所」(40.9.21)といっている．ところが翌年 1 月 4 日には，社会主義演説会をききにゆき，講師の一人西川光二郎と名のり合い，「社会主義は自分の思想の一部分だ」と帰途友人に語り，さらに「今は社会主義を研究すべき時代は既に過ぎて，其を実現すべき手段方法を研究すべき時代になつて居る．尤も此運動は，単に哀れなる労働者を資本家から解放すると言

ふでなく，一切の人間を生活の不条理なる苦痛から解放することを理想とせねばならぬ．今日の会に出た人々の考へが其処まで達して居らぬのを，自分は遺憾に思ふた」といっている．ここに「一切の人間」というのは観念語ではなく，啄木みずからのことがつよく含めて語られている．その前日も，新詩社の功績の一つは「斯く云ふ石川啄木を生んだ事」とまで書いているが，自分ほどの才能をもつ人間が貧乏になやまねばならぬような，社会の不条理の解消の要求という意味をふくんでおり，その年の元日に，「破壊だ，破壊だ．破壊の外に何がある」と叫んだのとつらなっているのである．

　間もなく，彼は「かの地〔釧路〕に於て幾何なりとも『自由』を得んとするの希望」(40.12.26)をいだいて単身「雪に埋れたる北海道を横断するのだ」(41.1.18)．そして「啄木，釧路に入りて僅かに七旬，誤りて壺中の趣味を解し，觴(さかづき)を挙げて白眼にして世を望む」(41.3.28)こととなる．さきの「特別なる意味に於ける個人主義者」の展開であって，それは「自分の文学的運命を極度まで試験せねばならぬ」(41.4.25)として上京してからもつづく．いや強化されるのであって，「社会主義」という語が日記にふたたび現われるのは，43年中の重要記事を44年の日記帳に要約した箇所においてにすぎない．転機は恐らく42年にくるのであるが，それは日記の上には現われない．なお，44年11月12日は社会主義という文字の最後に出る箇所である，その思想は死の直前まで出ているが．

　これは社会主義者の日記ではない．社会主義への期待を必

然とするところの日本社会の貧しさ．啄木をその貧困の集約的表現たらしめた石川家の現実のなかで自由を求めてあえぎ，もだえる，その不安と動揺，さらに絶望．その絶望を媒介として，自然にまた必然的に，彼が社会主義思想をいだくようになってゆく，その基礎経験——晩年の彼の書きものに，あれまでの説得力をあたえたのはこれだ，と思いあたるような諸要素がつらねられたところの日記なのである．

　日記の基盤をなす貧乏については，多くいう必要はなかろう．「九十度以上の酷暑に袷着て，夜は蚊帳を吊らず」(39.8.19)，正月の食事は「大根汁に塩鱒一キレ．お雑煮などいふ贅沢は我家に無し」(40.1.1)であり，「諸友へ手紙かかむと思へども銭なくして果さず」(40.10.7)という悲惨さのうちに，父が2度まで家出する．44年最後の病床についてから，薬も買えぬあたり，悲惨という語では軽すぎる．

　42年3月，朝日新聞に入ってからは，月給25円(のち30円)，当時の物価としては「家族が来てもどうかかうか暮せる」(手紙，42.4.16)ものだったが，そしてその6月から啄木は，家族のためにわき目もふらずに「かせぎ人」になろうとするのだが，それを絶対に不可能にするものがある．すなわち結核．啄木の一家を全滅せしめるこの病菌は，彼の幼時からつとに石川家に潜入していた．死ぬ年になって，彼に初めてはっきりするのだが，彼の母の両親が肺病，母も15, 6のときすでに発病していて，その病菌をもって石川家にきた．そして啄木の長姉は，5人の子をのこして31歳でその病にた

おれ(39.3.19, 45.1.23), 啄木自身も早期感染していたと思われるが, 17歳で初めての上京中,「図書館に行き急に高度の発熱を覚えたれど忍びて読書す」(35.11.22)というのが, 日記における初めての徴候である. それが妻や子にうつるのは自然だが(長男真一が43年10月に生まれて24日後に死ぬのも, 急性の幼児結核にちがいない), いま読んで慨嘆にたえぬのは, 彼らのみならず, 医学界の結核にたいする無知である. 啄木は44年腹膜炎で入院するが, そのさい,「ウント養生しなくては肺になる恐れがあると医者が言つた」(手紙, 44.3.18)などと書いているが, その医者は, あと1年の生命とまで警告しているのである. 3年前から寝汗(41.3.29), 2年前に喀血(42.5.14), 病菌が体内にはびこっていることは明らかなのである. もっとも医学的に病状を自覚し, 全く絶望したら『呼子と口笛』も書けなかったかもしれないが, 今から見れば乱暴というのほかはない. 44年7月, 妻が発病したときも, 翌春母が血をはいたときも, 食器を混同せぬよう注意するところを読むと(45.1.24, 手紙, 44.8.8), 京子の肺炎というのがすでにそれである以上, いったい誰を誰から守ろうとしているのか, 涙を禁じえぬほど腹立たしくなる.

　しかし, 啄木は彼の一家にかけられているこの結核ののろいを, 幸か不幸か, 自覚することなく,「幾何なりとも『自由』を得んとするの希望」をもって, 家族をなつかしみつつ, しかも逃れるようにこれを捨てて, 釧路から東京へと, むりやりに突破口を作ろうとする. そのもっとも端的なあらわれ

が, 若い女性との交渉だ. 日記で, もっとも多くのページを占めるのが, 植木貞子である. 4年前, 第2回の上京中, 文士芝居のときに知合ったこの少女とは, すでに釧路時代から文通しているが(41.3.22), 上京すると直ちに交際をはじめ, 「純粋の江戸言葉」(41.5.14)を習いたいなどといっていたが, 1, 2度たずねて来ると, すぐ関係をむすんだ. 日記にははっきり出ていないが, 「大都の中に美しい火が一つパッと燃えて, 其火が近いて来る」(41.5.16)とあるのが, その辺の事情の表現であろう. その後啄木は, この19歳の少女の執拗な情熱にたえきれなくなって, 彼女が来訪すると, 金田一に同席してもらうというような策を用いたり, いろいろあるが, 結局捨ててしまう. 1年後にローマ字で書いた, すげない要約——'そのころ関係していた女をば, 予はまもなく すててしまった. ——いまはアサクサで芸者をしている'(42.4.21). その芸者米松に彼はまたあとで会っている.

　彼は仮構の「自由」を飾るものとして, 空想の恋を楽しもうとした. 函館の教員時代にわずかのあいだ交際した橘智恵子, 短歌の投稿者菅原芳子, 平山良子などとの文通がそれだ. 芳子には恋文の模範作文を書きあたえたりしたが, 美貌の少女良子とは, 実は平山良太郎という男の仮名のいたずらであることに気付かず, 引っかかったりすることもあったが, 彼はそうした遊びのウソを十分意識していたのである. げんに智恵子に「四週間の病院生活を致し, 一昨日退院」(手紙, 42.6.2)などと書いているのはフィクションである.

釧路での芸者小奴との交遊，さらに41年末の彼女の突然の上京，同地の看護婦梅川操，その彼のあとを追うての上京(41.4.29)などについては，くわしく述べないが，こうした若い女性たちの登場が，悲惨と絶望に暗かるべき日記に光彩を与え，それが暗さの中だけに彼女らの容姿を，私たちの心の中でいやおうなしに美化せずにはおかないのである．

仮象だけでは満足できず，啄木は浅草あたりで女を買うが，それは後で"ローマ字日記"にふれるときにゆずる．

なお，彼の日記に，若い女性群のような光彩を与えるものではないが，これを温かならしめるものとして，金田一京助，宮崎大四郎その他の，日本友情史上の模範的行動があるのを特記しておかなければならない．そのさい，これらの人々の献身的行為の立派さと同時に，啄木には，多くの天才がそうであるように，つねにひとの友情をそそりたて，献身的行為を生ぜしめる何ものかがあったことにも注意しておきたい．

啄木の眼光は，しかし，愛情ないし感謝のうちにも，つねに曇ることがない．彼の人物批評の鋭さと的確さとは，この日記に薬味をきかせるものである．たとえば太田正雄(木下杢太郎)を「大きくなくて，偉い人」(41.11.5)，「頭の中心に超人といふ守本尊を飾つてゐる男」(44.1.21)と規定し，森鷗外については，「この先生は，文学を見るに，全く箇々の作品として見るので，それと思想との関係を見ない」(42.1.16)と，その本質を鋭く見ぬきえたのをはじめとして，与謝野鉄幹，平野万里，吉井勇，土岐哀果，北原白秋，等々にたいす

る，啄木青年の評評がすべて的を射ている．偉とせねばならない．

なお，最後に指摘したいことは，『ジャーマン・コース』という書名が，あたかも彼の西洋への憧れの象徴のように，1モチーフとして繰りかえし出てくることである．彼はすでに渋民の助教員時代に，金田一からこの本を送ってもらい，独修をはじめているが(39.8.27)，朝日新聞社への「往復の電車の中で勉強することを励行」(42.3.3)し，東大病院入院中もこれを廃さない(44.2.8)．彼は民謡を愛し(39.7)，「百人一首」を評価し(40.1.4)，ふかく日本を愛し，安易な近代主義をあざ笑う面をたしかにもっていたが，同時に，「日本人にして日本人たることを忘れてる奴がある」などという言葉を気軽に吐きちらす「日本人」なるものを，いかに軽蔑したかはいうまでもない("A LETTER FROM PRISON")．彼には「思想を解せざる日本人の多数」に絶望し，そこから逃れたい，たとい「露西亜のやうな露骨な圧制国」(『平信』)へでも，と思う一面があり，それが『ジャーマン・コース』に集約されているのである．これと『飛行機』の詩におけるリーダーとが，つらなることはいうまでもない．

以上，私は啄木の日記のふくむ諸要素を列挙してきた．その配列，整理の拙劣なのは私の責任だが，日記そのものが混雑をきわめていることもまた事実である．ところで，ここに拾いあげた諸要素，ならびにわざとふれなかった家族問題をはじめ重要テーマが，集中的に，しかも深い彫りをもって現

われてくるのが，この"ローマ字日記"なのである．

3

"ローマ字日記"というのは啄木自身の命名ではない．明治42年(1909)4月7日から同年6月16日までの彼の日記は，黒クロース装のノート1冊に，ローマ字で書かれているが，それをいつしか"ローマ字日記"と呼ぶようになったのである．期間は通算71日にわたっているが，5月18日から同30日までは病気のため記載なく，6月2日以後は16日に『はつかかん』という要約があるだけである．

そのほかに，同年4月3日から6日までの4日間と明治44年10月28日から31日までの4日間との日記は，やはりローマ字で書かれている．これらは従来使用の「当用日記」を用い，短いものである．この文庫には，これも附載しておいた．

4月7日，新しいノートにローマ字で書き出してから，啄木の日記は急に描写が精密になり，心理分析も深くなっている．その日その日の心覚えではもはやなく，きわめて文学的な筆致となり，分量も長くなった．最も長い4月10日などは400字原稿用紙にして18枚におよび，短篇小説といってもよいものになっている．

啄木は，なぜローマ字で日記を書いたのか．まず筆者自身の説明をきこう．

'しょうことなしに，ローマ字の表などをつくってみた．表のなかから，ときどき，ツガルの海のかなたにいる母や妻(さい)のことがうかんで　予の心をかすめた．"春がきた，4月になった．春！　春！　花もさく！　トウキョウへきて　もう1年だ！……が，予は　まだ予の家族をよびよせて養う準備ができぬ！"近ごろ，日に何回となく，予の心のなかをあちらへ行き，こちらへ行きしてる　問題は　これだ……
　そんなら　なぜ　この日記をローマ字で書くことにしたか？　なぜだ？　予は妻を愛してる；愛してるからこそこの日記を読ませたくないのだ．——しかし　これはウソだ！　愛してるのも事実，読ませたくないのも事実だが，この二つは必ずしも関係していない'(4.7)．

ここに，ローマ字書きの理由とむすびついて，"ローマ字日記"の根本テーマが出ているといえる．当時，ローマ字はまだ一般的普及の段階にいたっておらず，節子は女学校で英語の初歩をまなんでいるが，ローマ字の文章を読むことは不可能でなかったにしても，よほど困難をおぼえたにちがいない．しかし啄木が，この表記法を選んだのは，妻に読まれたくないという理由からだけでは恐らくなかった．彼はローマ字で小説『サカウシ君の手紙』を書こうとしており(4.19)，また社会革命の必要性をのべた大島経男への重要な手紙の中で，ローマ字普及の実行運動を始めたい，と書いている(手紙，44.2.6)．彼は日本の文学者中，北村透谷とともに，日本語の改造を真剣に考えていた先覚者の1人なのだ．そうでな

くして，最初の喀血をした日に，『字音カナヅカヒ便覧』を写す(5.14)というような行動を，どうして理解できよう．日本語をローマ字で表記しようという考えは明治維新直後からあり，明治18年(1885)に'羅馬字会'が生まれたが，日露戦争後，世界性の必要への自覚がつよまるとともに，西園寺公望を会頭とする'ローマ字ひろめ会'が，明治38年(1905)に組織された．そして文学界では，これに呼応して北原白秋がローマ字で新体詩をかき，茅野蕭々，平野万里らがこれにつづいた．啄木はこれらの新しい動きに敏感に反応して，ローマ字で散文を書こうと試みたのである．

　啄木はローマ字という新しい表記法をとることによって，彼の上にのしかかるいくつかの抑圧（レプレッション）から逃れることができた，と考えられる．(1)それが家族の人々には読まれない，という意味で精神的，さらに倫理的抑圧から．(2)日本文学の伝統の抑圧から．(3)それらをもふくめて，一般に，社会的抑圧から．それらから逃れて，この日記のうちに彼は一つの自由世界をつくることによって，その世界での行動すなわち表現は，驚くべく自由なものとなりえた．露骨なことも無遠慮に書けた，というだけの意味でなく，むつかしい雅語や漢字の表現からの脱却が可能あるいは不可避となり，そこに自由な新しい日本語の表現法が見出され，以後，啄木が，漢字かなまじり文で書くときにも，文体に自由さをまし，民衆的にして新鮮な表現をなしうることとなるのである．この意義は，今まで指摘した人はないが，きわめて大きい．

'チエコさん！　なんと　いい名前だろう！　あのしとやかな，そして軽やかな，いかにも若い女らしい歩きぶり！さわやかな声！　ふたりの話をしたのは　たった2度だ．1度は　オオタケ校長のうちで，予が解職願いを　持っていったとき：1度は　ヤチガシラの，あのエビ色の窓かけのかかった　窓のある部屋で――そうだ，予が"あこがれ"を　持って行ったときだ．どちらもハコダテでのことだ．

　ああ！　別れてから　もう20カ月になる！'(4.9)

このように甘美で，しかも率直な文体が，今は知らず，当時ほかにありえただろうか．ローマ字でなければ，啄木にも，こうした流露はありえなかったと考えられる．

さて，"ローマ字日記"のライトモチーフは，最初に引用した冒頭の言葉にもすでに示されているが，図式的にいえば，「自由」と「自意識*」との二元の対立相克ということにある．そのことは文体にもあらわれている．AはBだ，いやそうではない．CはDだ，どちらも本当だが，この2命題は矛盾する，しかし，といった形が多い．論理は決して一本調子にならないのである．

啄木はすでに妻子があり，老父母をかかえ，すでに浮世の辛酸をなめつくしているが，年24歳，'I am young, and

---

*　'自意識'という言葉は，誰がいつごろから使い出したのか，識者の教えをえたいが，啄木はそのもっとも早い使用者であろう．この日記の中のみでなく，断片におわった小説『追想』の中にも用いている．

young, and young'(4.21)と妙な英語で3ぺんも若さを強調する，その語調が示すように，自由への欲求がつよかったのは当然である．彼が釧路，さらに東京と，家族と離れて放浪したのは，一家の建直しの方策を求めるためであったというのも事実だが，一方，しばし家族をすてて「最も大胆に，最も露骨に，最も深く，最も広く，人生一切の悲喜哀楽のすべてを味」わいつくす「英雄」になりたい(手紙，41.7.7)という気持があったのも事実である．この二つは必ずしも関係しない，いや相互矛盾するのである．自由は高く舞い上がろうとする．しかし，家族への愛情と，その愛情をより切ないものとする貧乏，この二つのものに作用されて，もともと鋭い彼の自意識はいよいよきびしくなり，舞い上がる心をひき下ろす．'自意識は　予の心を深い深いところへ　つれていく．予は　その恐ろしい深みへ　沈んでいきたくなかった．うちへは帰りたくない'(4.26)．そういう苦しい状況である．それも上京の当初はまだよかった．'セキシン館のひと夏！　それは　予が非常な窮迫の地位にいながらも，そうして　たとい半年のあいだでも　家族をやしなわねばならぬ責任から　のがれているのがうれしくて，そうだ！　なるべく　それを考えぬようにして　"半独身者"の気持を楽しんでいた時代であった'(4.21)．ところが，この年の3月，ようやく朝日新聞へ入社して月給にありつくと，家族は当然上京を鶴首する．1年間に自分は何の自由を実現しえたのか．家族がくれば，そうだ，母と節子はすぐ喧嘩，せめて家族のくるまでの間，

そういうせっぱつまった71日の生活がここにある．

　啄木は悲壮な戦いにみずからを武装しようとする．そのヨロイは'若いニヒリスト'(4.21)，またはインモラリストだ．彼は'鉄のごとき心'をもって，'人間の美徳といわるる　あらゆるものを　チリのごとくすてて''強者'(4.10)たらんとする．'夫婦！　なんというバカな制度だろう！'(4.7)．彼は結婚と放蕩とは矛盾せぬ，などと金田一に揚言し(4.25)，この年のはじめから家族へ2回しか音信せず，送金もほとんど全くしない(4.11)．こうした彼の考えは，4本の艶書を同時に別々の女へ書く吉井勇(41.6.30)，'True Love'などというポルノグラフィーを耽読している平野万里，超人主義をふりかざす耽美派の木下杢太郎およびパンの会などからの影響が強かったと見られるが，彼はこういう人々よりも，ずっとせっぱつまったところにいた．坊ちゃんたち，と心であざけりながら，それだけに，彼らの思想をいっそう極限化しようとした．

　'予は　去年の秋から今までに，およそ13-4回も行った，そして10人ばかりの　インバイフを買った．ミツ，マサ，キヨ，ミネ，ツユ，ハナ，アキ……名を忘れたのもある．予の求めたのは　暖かい，柔らかい，まっ白な　からだだ：からだも心も　とろけるような楽しみだ'(4.10)．

　しかし売女がそれを与えうるはずはなかった．今の引用のあとに，事をすませていぎたなく眠っている女を八つざきにして殺したいなどという物狂わしい叫びも書かれている．何

たる悲惨！　ただ，5月1日，その月の月給25円を前借すると，すぐ千束町へゆき，ハナコという女を買う．その小奴によく似た17の娘の温かな肌において，彼がはじめて満足をかちえるところを読んでいると，私たちも何だかうれしくなる．妻子に送るべき前借の金で妻を裏切っている男を祝福したくなるとは！　会話をまじえた，小説のようなここの描写は実に巧みで，その「文学」の誘惑ともいえるが，ともかくずっと読んでくると，そういう共感を禁じえないのは事実だ．啄木の悲惨はそれほどあわれなのである．

　彼の鋭く分析的な自意識は，しかし，ささやかな放蕩生活の間も決して眠らない．彼は考える．

　'世の中をわたる道が　ふたつある，ただ　ふたつある．'All or Nothing!'ひとつは　すべてにたいして　戦（たたか）うことだ：これは勝つ，しからずんば　死ぬ．もひとつは　なにものにたいしても　戦わぬことだ：これは勝たぬ，しかし　負けることがない．負けることのないものには　安心がある：つねに勝つものには　元気がある．そして　どちらも　ものに恐れるということがない……．そう考えても心はちっとも　晴れ晴れしくも　元気よくも　ならぬ．予は悲しい．予の性格は　不幸な性格だ．予は　弱者だ，たれのにも劣らぬ　立派な刀をもった　弱者だ'(4.10)．

強者，インモラリストたらんとする啄木には，しかし，ジッドのミシェルとはちがい，金がない．また，たまにわずかの金があると，それが気がかりで落ちつかぬ(4.7)というの

では，現実的には，電車の中で老婆を見て，これをののしってみる(4.8)くらいの偽悪しかできぬ．そこで'どこへもっていっても　予のうまくあてはまるアナが見つからない''無用なカギ'(5.8-13)と自己規定する啄木は'戦わぬが安心のある'生き方，つまりエスケープの方を考えてみる．'ああ！　安心——なんの不安もないという心持は，どんな味のするものだったろう！　ながいこと——もの心ついて以来，予は　それを忘れてきた'(4.10)．それがほしい．せめて'どこかに　あき家でもあったら，こっそり　その中へ入って　夕方までねてみたい！'(4.15)と思い，また何というわけもなく，ただ乗りたくて汽車に乗ってみたりする(5.31)．さらには，

'1年ばかりのあいだ，いや，1月でも，
1週間でも，3日でも　いい，
神よ，もしあるなら，ああ，神よ，
わたしの願いは　これだけだ，どうか，
からだを　どこか　少しこわしてくれ，いたくても
かまわない，どうか　病気さしてくれ！
ああ！　どうか……'

という，あの哀切な詩(4.10)になる．そしてこの最後の願いだけが，すぐ，そして十分すぎるほど，聞きとどけられるのである．

　動揺と不安のうちに，彼は幾度か自殺を考えているが(4.26，手紙，42.3.3)，彼は眉山や独歩をうらやむだけで，死ぬことすら自由にならないのだ．'予は　なぜ親や妻や子のため

解説

に 束縛されねばならぬか？ 親や妻や子は なぜ予のギセイとならねば ならぬか？ しかし それは予が 親やセツコやキョウコを 愛してる事実とは おのずから別問題だ'(4.15)とは考えてみても，この'強者'のヨロイの下には，あまりにも温かい心がありすぎた．

'老いたる母から 悲しき手紙がきた：——（手紙略）
ヨボヨボした 平仮名の，仮名ちがいだらけな 母の手紙！ 予でなければ なんびとといえども この手紙を読みうる人はあるまい！ （中略）トウキョウに出てからの 5本めの手紙が きょうきたのだ．はじめのころから見ると まちがいも少ないし，字もうまくなってきた．それが悲しい！ ああ！ 母の手紙！'(4.13)

これに劣らず，哀切にして率直な，妹を思う文章(4.18)があるが，その末尾に，'妹よ！ 妹よ！ われらの一家がうちそろうて，楽しくシブタミの昔話をする日は はたしてあるだろうか？'とある．彼はその日を求めつつ，拒否しているのだ．拒否しているだけに，それは痛切に想像力を刺激する．たとえば，妻から幼子が消化器を悪くして困っている，手紙がほしい，というたよりのあった日の出勤途中の電車の中．

'みっつぐらいの かあいい女の子が 乗っていた．キョウコのことが すぐ予の心にうかんだ．セツコは朝に出て夕方に帰る：その1日，狭くるしいうちの中は おっかさんとキョウコだけ！ ああ，おばあさんと孫！ 予はその

1日を思うと，目がおのずからかすむを覚えた．子供の楽しみは 食いもののほかにない．その単調な，うすぐらい生活にうんだとき，キョウコは きっとなにか食べたいとせがむであろう．なにもない．"おばあさん，なにか，おばあさん!"とキョウコは泣く．なんとすかしても きかない．"それ，それ……"といって，ああ，タクアンづけ！

不消化物が いたいけなキョウコの口から腹にはいって，そして 弱い胃や腸をいためているさまが 心にうかんだ！'(4.18)

ドストエフスキーが，ある婦人をみて，あれは海軍士官の未亡人にちがいない，とその身の上を想像するあの逸話を，私たちは思い出す．そして，啄木がこうした苦境のさいちゅうに，彼をたよってきた家出少年たちに向って'あせるな，のん気になれ'とはげまし，自分の下宿料も払えぬ中から，妻子に送るべき金で彼らの宿賃を出してやったりしているのも，ドストエフスキー的といえよう．

しかし，それは続かない．家族たちは上京をいそぐ．'予は いま底にいる——底！ ここで死ぬか ここからあがって行くか．ふたつに ひとつだ'(5.6)．そうした苦しみのさいちゅうに，彼の晩年の思想を考えるうえで注目すべき言葉が書かれている．『新小説』を読んで思いあたったのだというが，'"National life!" それだ'(5.17)．

6月10日，盛岡から宮崎大四郎の手紙がくる．しびれをきらした家族たちは，友におくられてはや盛岡まで来ている

解　説

のだ．啄木は「不取敢応急準備を整へる，五日間だけ猶予してくれ玉へ」(手紙，42.6.10) と答え，喜之床に部屋をかりる．'予は思った："ついに！"'(『はつかかん』)．この「ついに」の一語に，いかに無限の感情がこめられているか，"ローマ字日記"を，ここまで読んできたものには，よくわかる．そして '16日の朝，まだ日ののぼらぬうちに　予とキンダイチ君とイワモトと　3人はウエノ station の Platform にあった．汽車は1時間おくれて着いた．友，母，妻，子……車で新しいうちに着いた'．ここで "ローマ字日記" は終るのである．

　啄木は，底で死ぬか，ここから上がっていくか，といった二者択一の「底」から上がったのか．上がることはできなかった．むしろ底をついた．ただその底は今までの底とはちがう．空に舞い上がって，仮りの自由を求めんとした心と冷徹な自意識，この2つの対立矛盾が，家族の到着といういやおうなしの外的事件の圧力によって，ぐっとおされて一本化した，その底に今後3年彼は生きねばならぬのである．3月後には「このまんまが即ち我々の人生だ！　かう考へて僕はゐる．そして時々『このまんま』な我々の人生の底がどこまで深いのか解らぬのに驚く．実際驚く」(手紙，42.7.9) と書いている．そして深いとは，やがて高いことである．

　彼は己れ1人の自由を苦悩のうちに仮設した．そしてそれに行きづまり，家族ともどもの底に坐った．そのとき，かつて "ローマ字日記" の中で叫んだ，'新理想主義である．理想という言葉を　われらは長いあいだ侮辱してきた'(4.10) とい

う言葉が思いうかぶこともあったであろう．'現在の夫婦制度——すべての社会制度は　まちがいだらけだ'(4.15)という言葉も，やけっぱち的にではなく，しだいに苦しくも落ち着いた意味で再考されたでもあろう．そして，自分一人だけの自由はありえぬのではないか，皆の自由によってしか己れの自由もありえぬのではないか．そういう思想というより現実感覚が生まれてくる．そうしたところでクロポトキンを知るのだ．それを彼はもはやアカデミックに，たんに思想としては読みえない．それは上からでなく，底の方から，みずからのうちから湧き出るごとくに彼をひたしたにちがいない．
「現在の社会組織，経済組織，家族制度……それらをその儘にしておいて自分だけ一人合理的生活を建設しようといふことは，実験の結果，遂ひに失敗に終らざるを得ませんでした，その時から私は，一人で知らず知らずの間に Social Revolutionist となり」(手紙，44.2.6，傍点桑原）と書きうるのは，2年後のことではあるが，その悲惨な実験が"ローマ字日記"だったのである．

　インモラリズム，放蕩などを私たちは否定したい．それは強姦，殺人を否定せねばならぬのと同じである．しかし，「私は強姦した，殺人した」とトルストイが叫ぶとき，そんなはずはない，などというのはおかしい．じじつ，彼の強姦はほぼ確実だし（シモンズ），殺人も簡単に否定はできぬ．そしてそのことがトルストイの『復活』その他を生み出した．啄木の明治42年春の生活は不道徳的であろう．しかし，あ

の時期に，あの年で，あの悲惨のうちにおいてである．誰がそれを責めることができよう．そして，その実験によって彼の晩年の作品は，簡明な言葉のうちに深い意味をたたえ，説得的なものとなったのである．たとえば『性急な思想』が人にうったえるのは，それがかつて性急な思想を実現しようと，全身で試みたものによって書かれているからである．「妻を有ちながら，他の女に通ぜねばならなくなった，云々」の一つのパラグラフにも，なんと彼の生活のひだが反映していることか．

　"ローマ字日記"は，啄木の生活の実験の報告だが，同時に，彼の文学の実験であったことはいうまでもない．それが文学者ということだが，彼は文章の力によって自己を究極まで分析しようとした．そのため，その文体は誠実と同時に緊張を要請され，そこに新しい名文が生まれた．"ローマ字日記"は未熟な面をのこしながらも啄木の全要素をふくむものであり，日本の日記文学中の最高峰の一つといえるが，実はそれではいい足りない．いままで不当に無視されてきたが，この作品は日本近代文学の最高傑作の一つに数えこまねばならない．あのように赤裸々な生活の描写，それは明らかに自然主義文学が存在したればこそ可能となったものである．しかし，彼は「勤勉なる鈍物」(手紙, 41.9.9) と評した田山花袋のごとくにはありえなかった．自然主義者も赤裸々な生活を描いた．しかし，彼らはそれを常に何ほどかの自己肯定をもって行なっている．志賀直哉もふくめての私小説もまたそう

であり，日本的特殊性を含みすぎている．ただ啄木のみが，生得の，とぎすまされた自意識をもって，自然主義を否定的に媒介し，これを極限まで試験して，それを超越しえたのである．そこにはつねに新理想主義的ロマン主義が，光るものとして，ふくまれている．彼が千束町の女とねて一瞬の幸福をつかむ，というところにもそれはある．なお，そのさい，さきにもふれたが，ローマ字を媒体としたことが，この日記を世界普遍性をもつ新しい文学として成功せしめたことを忘れてはならない．

　啄木の日記は，市立函館図書館に保管されたまま長らく公開されなかった．戦後，1948年から翌年にかけて，石川正雄編集のもとに世界評論社からはじめて公刊され，天下の視聴をあつめたが，この版は脱落，誤記等がすくなくない．その後，岩波書店および筑摩書房から出た全集にも収められているが，これらのテキストも完全なものとは言いにくい．日記のコピーの閲覧は許されているものの，どういうわけか，それの写真撮影は禁じられているので，筆写以外に方法がないためである．私たちはそれら既刊のテキストをふまえ，函館図書館において注意ぶかく校訂を行ない，正確なテキストを作成したつもりであるが，なお小さな誤りが残ったのではないかと恐れている．ローマ字の校訂については，別項の"校訂について"を見られたい．

　この作品は，もちろんローマ字で読まれるべきものである．

真価はそうすることによってのみ味わわれるであろう．しかし，ローマ字文を読みなれない読者の便宜のために，表記を現代漢字かなまじり文に改めたものを，附録としてそえた．この訳文の作成にあたっては，可能なかぎり読みやすく，わかりやすいものにしようと試みた．すなわち，用字は現行の当用漢字音訓表にしたがい，それ以外の漢字の使用がどうしても必要な場合はルビをつけた．そして固有名詞は，すべてカタカナ書きとした．ローマ字文のわかち書きは，そのままを漢字かなまじり文に残すことは，かえって読みづらくなるので，その若干を生かすにとどめた．こうしてできた訳文は，現代の日本文としては，やや新しすぎるかも知れないが，啄木がローマ字で書いたときの新鮮な感じを伝えるように苦心したつもりである．

　岩波文庫創刊 50 年を記念して，この名作が普及をむねとする文庫に収められたことを，編訳者は心から喜び，感謝する．私はローマ字についてシロウトなので，旧知のさいとうきょうぞう氏の援助を乞い，ご快諾をえた．氏は校正にまで協力をおしまれなかった．もちろん校訂の最終責任は桑原にあるが，氏の教示に深く感謝したい．

　　　1977 年夏

　　　　　　　　　　　　　　桑　原　武　夫

校訂について

　校訂にあたっては、あくまで啄木の原文を尊重した。

　彼の英語力は弱く、たとえば、1ST とすべきを 1TH としたほか、正字法の誤りが少なくない。これらは誤用のまま残し、(sic)と注した。

　啄木のローマ字は、1909 年 4 月初旬はおおよそ日本式だが、それが 4 月 7 日すぎからほぼ完全なものとなる。4 月 12 日に「國音羅馬字法略解」を書いてからはヘボン式に変り、6 月まではほぼ完全なものとしてつづく。1911 年にはふたたび日本式となり、そのローマ字文は、わかち書きなど、立派なものとなっている。たとえば、セツコは Setuko→Setsuko→Setuko と二変する。私たちは、それを改めずそのままに残した。しかし次の操作はさけられなかった。

1. 明らかな誤記, 脱字は一々注記せずに, 改めた.
 Kwado-syasin→Kwatudô-syasin(12 ページ)
 Asa-masi no Zen→Asa-mesi no Zen(14 ページ)
2. 長音符は, ―と＾とが併用されているが, ＾に統一した.
3. …………と――――は, 長すぎるものが多いので, 短くした.
4. 原文中, 若干のパラグラフのあとに長い横線が引かれているのは, おおむねこれを除き 1 行アキとした.

ISIKAWA TAKUBOKU
ROMAZI NIKKI
──啄木・ローマ字日記

1977 年 9 月 16 日　第 1 刷発行 ©
2025 年 7 月 29 日　第 22 刷発行

編訳者　桑原武夫

発行者　坂本政謙

発行所　株式会社 岩波書店
　　　　〒101-8002 東京都千代田区一ツ橋 2-5-5

　　　　案内 03-5210-4000　営業部 03-5210-4111
　　　　文庫編集部 03-5210-4051
　　　　https://www.iwanami.co.jp/

印刷・精興社　製本・中永製本

ISBN 978-4-00-310544-3　Printed in Japan

読書子に寄す
―― 岩波文庫発刊に際して ――

岩波茂雄

真理は万人によって求められることを自ら欲し、芸術は万人によって愛されることを自ら望む。かつては民を愚昧ならしめるために学芸が最も狭き堂宇に閉鎖されたことがあった。今や知識と美とを特権階級の独占より奪い返すことはつねに進取的なる民衆の切実なる要求である。岩波文庫はこの要求に応じそれに励まされて生まれた。それは生命ある不朽の書を少数者の書斎と研究室とより解放して街頭にくまなく立たしめ民衆に伍せしめるであろう。近時大量生産予約出版の流行を見る。その広告宣伝の狂態はしばらくおくも、後代にのこすと誇称する全集がその編集に万全の用意をなしたるか。千古の典籍の翻訳企図に敬虔の態度を欠かざりしか。さらに分売を許さず読者を繋縛して数十冊を強うるがごとき、はたしてその揚言する学芸解放のゆえんなりや。吾人は天下の名士の声に和してこれを推挙するに躊躇するものである。この際断然自己の責務のいよいよ重大なるを思い、従来の方針の徹底を期するため、すでに十数年以前より志して来た計画を慎重審議この際断然実行することにした。吾人は範をかのレクラム文庫にとり、古今東西にわたって文芸・哲学・社会科学・自然科学等種類のいかんを問わず、いやしくも万人の必読すべき真に古典的価値ある書をきわめて簡易なる形式において逐次刊行し、あらゆる人間に須要なる生活向上の資料、生活批判の原理を提供せんと欲する。この文庫は予約出版の方法を排したるがゆえに、読者は自己の欲する時に自己の欲する書物を各個に自由に選択することができる。携帯に便にして価格の低きを最主とするがゆえに、外観を顧みざるも内容に至っては厳選最も力を尽くし、従来の岩波出版物の特色をますます発揮せしめようとする。この計画たるや世間の一時の投機的なるものと異なり、永遠の事業として吾人は微力を傾倒し、あらゆる犠牲を忍んで今後永久に継続発展せしめ、もって文庫の使命を遺憾なく果たさしめることを期する。芸術を愛し知識を求むる士の自ら進んでこの挙に参加し、希望と忠言とを寄せられることは吾人の熱望するところである。その性質上経済的には最も困難多きこの事業にあえて当たらんとする吾人の志を諒として、その達成のため世の読書子とのうるわしき共同を期待する。

昭和二年七月

仰臥漫録　正岡子規	桜の実の熟する時　島崎藤村	鏡花随筆集　吉田昌志編
歌よみに与ふる書　正岡子規	夜明け前 全四冊　島崎藤村	化鳥・三尺角 他六篇　泉鏡花
獺祭書屋俳話・芭蕉雑談　正岡子規	藤村文明論集　十川信介編	鏡花紀行文集　田中励儀編
子規紀行文集　復本一郎編	生ひ立ちの記 他一篇　島崎藤村	俳句はかく解しかく味う　高浜虚子
正岡子規ベースボール文集　復本一郎編	島崎藤村短篇集　大木志門編	俳句への道　高浜虚子
金色夜叉 全二冊　尾崎紅葉	にごりえ・たけくらべ　樋口一葉	立子へ 抄 —虚子より娘へのことば—　高浜虚子
多情多恨　尾崎紅葉	大つごもり 他五篇　樋口一葉	回想子規・漱石　高浜虚子
不如帰　徳冨蘆花	十三夜　樋口一葉	有明詩抄　蒲原有明
武蔵野　国木田独歩	修禅寺物語　岡本綺堂	宣言　有島武郎
運命　国木田独歩	正雪の二代目 他四篇　岡本綺堂	カインの末裔・クララの出家　有島武郎
愛弟通信　国木田独歩	高野聖・眉かくしの霊　泉鏡花	一房の葡萄 他四篇　有島武郎
蒲団・一兵卒　田山花袋	歌行燈　泉鏡花	寺田寅彦随筆集 全五冊　小宮豊隆編
田舎教師　田山花袋	夜叉ヶ池・天守物語　泉鏡花	柿の種　寺田寅彦
一兵卒の銃殺　田山花袋	草迷宮　泉鏡花	与謝野晶子歌集　与謝野晶子自選
あらくれ・新世帯　徳田秋声	春昼・春昼後刻　泉鏡花	与謝野晶子評論集　鹿野政直・香内信子編
藤村詩抄　島崎藤村自選	鏡花短篇集　川村二郎編	私の生い立ち　与謝野晶子
破戒　島崎藤村	日本橋　泉鏡花	つゆのあとさき　永井荷風
	外科室 他五篇　泉鏡花	
	海城発電 他三篇　泉鏡花	

2024.2 現在在庫　B-2

《日本文学（現代）》（緑）

怪談 牡丹燈籠	三遊亭円朝
小説神髄	坪内逍遥
当世書生気質	坪内逍遥
アンデルセン 即興詩人 全二冊	森鷗外訳
ウィタ・セクスアリス	森鷗外
青年	森鷗外
阿部一族 他二篇	森鷗外
山椒大夫・高瀬舟 他四篇	森鷗外
渋江抽斎	森鷗外
舞姫・うたかたの記 他三篇	森鷗外
鷗外随筆集	千葉俊二編
大塩平八郎 他三篇	森鷗外
浮雲	二葉亭四迷 十川信介校注
坊っちゃん	夏目漱石
吾輩は猫である	夏目漱石
幻影の盾・倫敦塔 他五篇	夏目漱石
漱石文明論集	三好行雄編
夢十夜 他二篇	夏目漱石
文学評論 全二冊	夏目漱石
思い出す事など 他七篇	夏目漱石
明暗	夏目漱石
道草	夏目漱石
硝子戸の中	夏目漱石
こゝろ	夏目漱石
行人	夏目漱石
漱石文芸論集	磯田光一編
彼岸過迄	夏目漱石
門	夏目漱石
それから	夏目漱石
三四郎	夏目漱石
虞美人草	夏目漱石
草枕	夏目漱石
漱石日記	平岡敏夫編
漱石書簡集	三好行雄編
漱石俳句集	坪内稔典編
漱石子規往復書簡集	和田茂樹編
文学論 全二冊	夏目漱石
坑夫	夏目漱石
漱石紀行文集	藤井淑禎編
二百十日・野分	夏目漱石
五重塔	幸田露伴
努力論	幸田露伴
一国の首都 他一篇	幸田露伴
渋沢栄一伝	幸田露伴
飯待つ間 ―正岡子規随筆選	阿部昭編
子規句集	高浜虚子選
病牀六尺	正岡子規
子規歌集	土屋文明編
墨汁一滴	正岡子規

2024.2 現在在庫　B-1

岩波文庫の最新刊

平和の条件
E・H・カー著／中村研一訳

第二次世界大戦下に出版された戦後構想。破局をもたらした根本原因をさぐり、政治・経済・国際関係の変革を、実現可能なユートピアとして示す。
〔白二三-二〕 定価一七一六円

英米怪異・幻想譚
芥川龍之介選／澤西祐典・柴田元幸編訳

芥川が選んだ『新らしい英米の文芸』は、当時の〈世界文学〉最前線であった。芥川自身の作品にもつながる〈怪異・幻想〉の世界が、十二名の豪華訳者陣により蘇る。
〔赤N二〇八-二〕 定価一五七三円

俳諧 大要
正岡子規著

正岡子規（一八六七-一九〇二）による最良の俳句入門書。初学者へ向けて要諦を簡潔に説く本書には、俳句革新を志す子規の気概があふれている。
〔緑一三-七〕 定価五七二円

賢者ナータン
レッシング作／笠原賢介訳

十字軍時代のエルサレムを舞台に、ユダヤ人商人ナータンが宗教的対立を超えた和合の道を示す。寛容とは何かを問うたレッシングの代表作。
〔赤四〇四-二〕 定価一〇〇一円

----- 今月の重版再開 -----

近世物之本江戸作者部類
曲亭馬琴著／徳田武校注
〔黄二二五-七〕 定価一二七六円

トオマス・マン短篇集
実吉捷郎訳
〔赤四三三-四〕 定価一一五五円

定価は消費税10%込です

2025.4

岩波文庫の最新刊

夜間飛行・人間の大地
サン=テグジュペリ作／野崎歓訳

「愛するとは、ともに同じ方向を見つめること」——長距離飛行の先駆者=作家が、天空と地上での「生」の意味を問う代表作二作。原文の硬質な輝きを伝える新訳。〔赤N五一六-一〕 定価一二二一円

百人一首
久保田淳校注

藤原定家撰とされてきた王朝和歌の詞華集。代表的な古典文学として愛誦されてきた。近世までの諸注釈に目配りをして、歌の味わいを楽しむ。〔黄一二七-四〕 定価一七一六円

自殺について 他四篇
ショーペンハウアー著／藤野寛訳

名著『余録と補遺』から、生と死をめぐる五篇を収録。人生とは欲望が満たされぬ苦しみの連続であるが、自殺は偽りの解決策として斥ける。新訳。〔青六三二-一〕 定価七七〇円

過去と思索（七）
ゲルツェン著／金子幸彦・長縄光男訳

一八六三年のポーランド蜂起を支持したゲルツェンは、ロシアの世論から孤立し、新聞《コロコル》も終刊、時代の変化を痛感する。〔全七冊完結〕〔青N六一〇-八〕 定価一一七六円

………今月の重版再開………
中勘助作
鳥の物語
〔緑五一-二〕 定価一〇二三円

中勘助作
提婆達多
〔緑五一-五〕 定価八五八円

定価は消費税10%込です 2025.5